崎義一の優雅なる生活

太陽の石

ごとうしのぶ

角川文庫
23363

目次

太陽の石

太陽の石――。

近年の研究によれば、コロンブスが新世界(アメリカ)に到達するより何世紀も前から、北アメリカ大陸のネイティブと貿易を行い交流があったとされる北欧のヴァイキング。

だが大海原を渡るのは容易なことではない。

方位磁石（羅針盤）が発明される遥(はる)か以前の時代。

夜は星が、導いてくれる。

だが、昼は？

難破し海底に沈んだ同時代の多数のヴァイキングの船から必ずといっていいほどみつかったのが、宝石とは思われぬ白濁した半透明の石であった。

たいして価値があるとは思われぬのに、なぜか、どの船からも、いくつもみつかる。

それは長年、研究家たちの謎でもあった。

正体は方解石。

差し込んだ光を複屈折させる、珍しくもないありふれた石である。

使い方はシンプルだ。

スリットを入れた紙などを石の前にかざして石の中を覗(のぞ)き込む。

二重にダブって見える光の明るさを同じになるよう石を回転させていくと、ぴたりと合ったその先に、——太陽がいる。

室内の蛍光灯では残念ながらその威力は発揮されないのだが、外ならば。

晴天はもちろん、日没後の薄暗い空であろうと、ぶ厚い雲が空を覆い尽くし、太陽を完全に隠してしまおうとも、ぴたりと示す。

なにより、年に数カ月訪れる白夜を航行するヴァイキングにとって、それは必需品だったのであろう。

人生がどんなに厚い雲に覆われていようと、たとえ嵐であろうとも。

きみは太陽を示してくれる。

きみが、人生という船には、必要なのだ。

放課後の高校の校舎、人口が多く賑やかな街なかにあろうとも、部活動も終了し、ほとんどの生徒が帰宅したこの時間では校内は森閑としていた。

日の長い六月下旬の夕方、このところ梅雨の合間に爽（さわ）やかな天気が続いている。夕方でも外は充分に明るいのだが、照明が落とされている屋内の薄暗い廊下に、

「……ありがとうございました」

教室に向かってちいさく、声も一礼もどちらもちいさく、挨拶（あいさつ）をした生徒の姿があった。

この薄暗さでは顔も表情もまったくわからないが、小柄な全身のシルエットと聞き覚えのある声に、三洲（みす）はふと、廊下をゆく足を止める。

と、生徒も廊下の奥の人影（である三洲）に気づき、自分が誰かに見られているとわかった途端にあからさまにびくりと身構えたものの、薄闇に浮かぶ三洲が着ている

白衣のシルエットのおかげか、みるみる警戒を解いてぴょこりとちいさく一礼した。

二年生の千頭(せんず)良樹(よしき)。

良かった、今日は学校に来ることができたのか。

授業の遅れを個別指導で対応するので放課後だけでも登校を、と担任の先生が熱心にすすめていたっけな。

不登校にも理由は様々ある。

原因は、性格傾向や疾病を含めた生徒自身にあったり他人だったり学校そのものだったり、他にも、とにかく様々だ。

そういう意味でデリケートな対応を求められる生徒のひとりだが、このまま声をかけずに立ち去ったものか、どうすべきかと逡巡(しゅんじゅん)していると、生徒が突然ぱたぱたと廊下を小走りにやってきて、

「……み、三洲先生、質問が、あ、るんですけど」

ちいさな声で、そして肩にかけた通学用のリュックのベルトをぎゅっと握って、「三洲先生のかわりに、い、一ノ瀬(いちのせ)先生がいなくなっちゃうって、ほ、本当、ですか?」

と不安げに訊(き)いた。

一ノ瀬先生とは、ここ、私立祠堂(しどう)学園高等学校の〝保健室の先生〟である。入学し

普通に高校生活を送っていた千頭良樹は一年生の後半でふとしたことから保健室の常連となり、以降、高校生活を続ける上で一ノ瀬が心の支えとなっていた。

いなくなる、という表現に、高校生らしい幼さを感じる。

一ノ瀬から前以て渡されていた資料によれば、千頭良樹は長くて複雑な会話が苦手。内容を理解できていてもスムーズに返せず、それが本人には大きなストレスとなってしまう。

なので、

「いや。一ノ瀬先生は、いなくならないよ」

三洲は簡潔に、けれど誤解の余地を与えないよう、はっきりと答えた。

「……新しい学校の方に、行っちゃうって……」

「そういう噂を聞いたのかい？」

問いに、良樹はこくりと頷く。

無責任な噂、誰が言い出したのかはともかくとして、

「新設校の準備で最近は保健室を留守にしがちだけれど、三学期からは、全面的に戻って来られる予定だよ」

三洲は重ねて、はっきりと答えた。

三洲は一ノ瀬が全面復帰するまでの補欠である。──臨時の保健室の先生だ。さすがに養護教諭の資格までは取得していないので、学校医としての保健室の先生である。求められていたのが医師の資格（だけ）だったので、採用には問題はなかった。

仕事の内容が内容なのでアルバイトと呼ぶのが適当かはわからないが、祠堂学園の職員としての正式な雇用ではないので、三洲こそ、今だけの保健室の先生であった。三学期からはいなくなる。

とはいえ、生徒からすれば、アルバイトであろうと臨時であろうと関係なく、困ったときの駆け込み寺であり頼りにしたい〝保健室の先生〟である。

「三学期から……？」

千頭良樹は俯くと、七、八、九、十、十一、十二、一、と、呟きながら指を折り、

「……七カ月もある」

しょんぼりと肩を落とした。

「誤解しやすいけど、一ノ瀬先生が完全に戻られるのが三学期からで、その間は、向こうと、こっちを、行ったり来たりしているんだよ」

「あ、そうか」

保健室でたまに会えることがある、運が良ければ。──だが、「本当に、戻って、

来てくれるかな……」

良樹は不安げに続けた。

不安に対して耐性が低い。必要以上に胸に溜め込んでしまう。もしこれが一ノ瀬本人からの言葉であれば、あっさりと不安を取り除いてあげられるのに。

保健室の常連であるこの生徒にとって一ノ瀬の存在はとても大きい。――この生徒だけでなく、他にも何人もそういう生徒がいる。良樹が三洲の言葉を信じきれないのは、不安へと返してしまうのは、三洲との信頼関係がまだそんなに育っていないということもあるが、なにより、一ノ瀬に対する信頼が〝絶大〟であるからだ。

もし一ノ瀬先生が戻って来てくれなかったら？　という、一ノ瀬を失ってしまうかもしれない不安。良樹には耐えられそうにない怖さである。

「……新しい学校に移りたいな……」

ぼそりと良樹の本音が零れた。

良樹のような不登校の生徒のための新設校、祠堂学園の兄弟校である全寮制の祠堂学院（どちらも男子校である）とは別の新たな兄弟校の誕生である。全日制なのは同じだが、初めての共学で、方針もカリキュラムも、学園とも学院とも大きく異なっている。

新しい学校に移りたいなんて、そんなことを言ったら担任の先生がガッカリするよ。きみのために、あんなに頑張ってくれているのに。

反射的に脳裏に浮かんだ台詞を、けれど三洲は、口にはしない。

それは紛れもない事実だけれども、担任の頑張りや熱意を盾に取られては、この生徒には重荷にしかならない。

「……来年、三年生からでも、移れるかな」

「新設校の一年生に?」

「……え」

良樹が固まる。「い?　い、一年生かあ」

「編入制度の話は出ていないから、受験して、合格したら入学できるんじゃないかな」

「……にゅ、入試、受けるのかあ」

「新設校の一年生からまた始めるなんて、せっかくここで二年生の一学期まで頑張ってきたのに、勿体ないことにならないかな?」

勿体ない。が、心に刺さる。

「う、……うん」

どうにかこうにか一年と数ヵ月の間、頑張ってきた。一年生からまた始めるのは、とてもしんどい。

良樹とは一ノ瀬が介在した状態で保健室で何回か会話をしたことがあるので、たどたどしくとも三洲との会話は成立しているのだが、

「千頭くんが、三学期には戻ってくると言いながら、このままなし崩しに一ノ瀬先生が新設校に行ったきりになってしまったらどうしよう、と不安を感じているのはわかるよ。ならばいっそ自分も新設校に、と考えてしまうのもね。――一ノ瀬先生、ものすごく頼りになるものな」

三洲が、――三洲としても本音を零すと、良樹はハッとしたように三洲を見上げて、

「頼りに？　み、三洲先生も、ですか？」

ようやく安心したように訊く。

「それはそうだよ」

三洲は頷く。「千頭くんも知ってのとおり、なんたって俺は新米の保健室の先生だからね」

もちろん、安易な気持ちでこの仕事を引き受けたわけではない。だが実際に保健室の先生になってみて、三洲が予想していた以上に保健室の役割は多忙で複雑で、生徒への影響力も大きかった。

三洲が高校生をしていた十年ほど前の保健室と比べても、——ただし母校にあったのは保健室ではなく〝医務室〟だったが、さておき。——その仕事の多様さに、複雑さや重さに、〝学校〟というものの役割の転換期とすら映った。

臨時の先生としてたった半年ほどの仕事なのに、やむを得ず生徒全員の名前とプロフィールを暗記する決意をしたほどだ。

「……あれ？」

良樹が気づく。「そうしたら、三学期から、三洲先生は、いなくなっちゃうんですか？」

いなくなっちゃう。——寂しさが僅かに滲む物言いに、三洲は、幼さの残る表現も満更悪くないなと素直に思った。

ここ数ヵ月の三洲なりの奮闘や頑張りが報われたような心持ちだ。

「そうだね。俺は一ノ瀬先生の代理として留守を任されているから、三学期になって一ノ瀬先生が完全に戻られたら、俺の仕事は終わりだね」

この世からいなくなりはしないが、この学校からは去ることになる。

「……終わりなのかあ」

良樹はまた俯く。

俯くと、小柄な体が一際ちいさく見える。――廊下の薄暗さも手伝って。

ふと。

竦んだようにちいさく身を縮ませて、自分を取り巻く世界をひたすら恐れていた知り合いを思い出した。世間から隔絶された海に囲まれた小島で、誰からの攻撃も受けない、安全そうなその島でひっそりと身を潜めていた彼を。

薄れぬ記憶。

こんなに記憶が鮮明なのは目の前で泣かれたからだ。――自分が泣かせたからだ。泣かせるようなことはしていないのに、泣かれたからだ。

周囲のからかいも含め、三洲にとってあれはたいそう理不尽な出来事だった。そこに居合わせただけで、少し言葉を交わしただけで泣かれるとか、普通はあり得ないではないか。

もう十年以上も前の出来事なのに、だから未だに心の隅に、ちいさなトゲが刺さったように残っている。年上なのに年下にしか見えなかった幼さの残る泣き顔と、初対面で泣かれた、理不尽さが、苦く。

そしてもうひとり、彼とは似て非なる友人の、高校時代の姿を。――あいつは、泣かなかったな。意地でも、泣かなかったな。

頑として周囲を睨みつけ、気迫のこもった眼差しで、誰かに傷つけられることも、自らが泣くことも拒んでいた。

「……三洲先生?」

心配そうに良樹が呼ぶ。

不登校の生徒たちは、たいていが他人の感情の機微に聡い。

「ああ、ごめん。ここでの仕事は三学期になるまでかー。……って考えたら、まだ夏休みにもなってないのにうっかり寂しくなっちゃったよ」

笑みを作ると、

「そ、そうだよ。まだ夏休みになってないし、二学期、まるっとあるし」

良樹が励ましてくれる。

相手の言葉が嘘でも本当でも、励まそうとしてくれる。

気持ちの優しい生徒。

「夏休みといえば、千頭くんは吹奏楽部の練習には、やっぱり参加しないのかい?」

だからこそなのか、良樹が所属している吹奏楽部の顧問も気にかけていた。

不登校が続いていて部活にほとんど参加できていないので、夏休みは練習の遅れを取り戻すには絶好の機会だが、皆との差が開いてしまった現実を、果たして千頭良樹は受け入れ乗り越えられるのか、ますます参加しづらくなっているのではないかと。

しかもここで参加できないとなると、他の子との差が絶望的に開いてしまう。充分に個人練習の時間が取れる夏休みには、他の子もぐんと上達するのだから。

担任といい吹奏楽部の顧問といい、学園の先生方は生徒たちにとても心を砕いている。——学院もそうだっただろうか？

三洲は手のかからない生徒だったが、自惚(うぬぼ)れでなく、むしろ先生方からとても頼りにされるような、そういう生徒であったが、……学院でも、そうだったのだろうか？

学園の兄弟校で、兄弟の兄に当たる祠堂学院の卒業生である三洲新(あらた)。

三洲にはあまり先生とのそういう意味での思い出はない。——いや、医務室の、校医の中山(なかやま)先生には大変お世話になったっけ。

「……わかんない」

けど、と、良樹は口の中でちいさく続ける。「め、迷惑、ならないなら、部活、したい」

「そうか。そうだよね」

他の人の迷惑になりたくない。

良樹の気持ちは痛いほどわかる。

誰の迷惑にも、——重荷に、なりたくないのだ。

「でも千頭くんが参加してくれたら、顧問の先生は喜ぶだろうなあ」

「え」

良樹は軽く驚く。「そ、そうかな……？」

「吹部の仲間も、きっと喜ぶよ」

「練習、出てなくて、足、引っ張るかも、しれないのに？」

「引っ張ったっていいさ。千頭くん、多少の迷惑は、お互い様だよ」

全員に好かれるのは無理だ。

「……おたがいさま？」

全員に迷惑をかけないというのも、無理だ。

そんな芸当は誰にもできない。

「迷惑というのは、お互いに、かけたり、かけられたり、するものだからね」

「でも、……か、かけすぎ、ちゃうし」

「——ここだけの話」

三洲が声を潜めると、良樹がパッと三洲に意識を集中させた。

その鋭敏な感性が、裏目に、でなく、表に出るようになるといいね。

「——先生というのはね、頑張ってる生徒を応援したくてたまらないものなんだよ。迷惑をかけられただなんて思ってすらいない、かもしれない」

「そ、そう、かな」

医者もだが、様々な覚悟の教師（持ち主）がいる。残念なことに無責任な人間はどこにでもいる。職業の重さ軽さにかかわらず。

通り一遍のことだけをこなす先生もいれば、生徒が想像する以上に、覚悟を決めている先生もいる。

「少なくとも、吹部の顧問の先生はそのタイプだよ」

なにがその子にとっての〝正しい応援〟になるのかはわからなくても、応援したいと思っている。どうにかして、引っ張り上げたいと、願っている。

「……そうかな」

「夏休みになったら、自分で確かめてみるといいよ」

三洲の提案に、良樹は自信なさそうに、それでもこくりとちいさく頷いた。

一通り納得できたのか、

「そしたら、先生、さようなら」

良樹はまたぴょこりと頭を下げて、顔を上げたときに、ふと、「先生、外国に住んでる弟、いる？」

と訊いた。

いる？ではなく、そこは、いますか？　だろう。先生に対してタメ口とか三洲には信じられないが、これは、良樹の中で三洲との距離が縮まった証だ。

このたった数分で。

少し、近づけた。

ほんの少しであろうとも、保健室の先生としては嬉しい変化であった。

「外国に住んでる弟？」

「住んでない？」

外国に住むという発想が自然に出てくるくらいには、祠堂学園は（母校である学院ほどではないが）かなり学費の高い私立校である。高校進学のタイミングで留学が候補に挙がるような家庭環境の子どもが、それなりにいる。

「いや、ひとりっ子だからね、国内外問わず兄弟はいないよ」

「そうなんだ」

ふうん、と納得しつつも、不思議そうに三洲の顔を見ている良樹へ、

「どうして？」

と、理由を訊いてみた。

どうして。と、尋ねることの重要性もここで学んだ。生徒は自分から〝自分の事情〟をべらべら大人に話したりはしない。

聞き流してかまわないことと、どうしてと訊き返すべきこととを、見極めるのは至難の業だが、今回は訊き返すべき、と、感じた。

「ネットで、外国語しゃべってるし字幕ないし、アルファベットのアカウントネームだけで、本名わかんないけど、でも、弟かと思って」

「ネット？」

「うん」

良樹は制服のズボンのポケットからスマホを取り出すと、いまどきの高校生ならではの両手親指の素早い操作でぱぱっと画面を表示させ、「この人」

と、三洲へ見せた。

「あー、あーあー、あー、あー……？　ぁあー？　……出ない。ここの音が、すっぱーんと出てこない。どうしよう黒川さぁん」

「だから休憩にしたんだろ。ってのに莉央、なんだって喉を休めずに歌ってるんだ？」

「……心配だから？」

「悪循環だな」

黒川は莉央をソファに座らせると、小脇に抱えていたブランド物のクラッチバッグから冷却ジェルシートを取り出し、ぱぱっと剝いて、「気休めだが、ないより増しだ。喉に貼っとけ。でもってしばらく黙っていろ」

莉央へ手渡す。

気休め。――喉が完全に嗄れてしまうほど酷使したならばその炎症を鎮めるにはきっちりときつめのアイシングをすべきなのだが、今回は、そういうことではない。

「……はい」

おとなしく受け取って、莉央は喉仏のあたりを中心に慣れた手つきで冷却ジェルシートをペタリと貼る。

音域の広さとパンチのある歌唱が自慢の元アイドル。

まだ二十代前半で今でも第一線のアイドルで通用する抜群のルックスの持ち主だが、本格的なステージパフォーマンスができるようになりたいと、アイドルではなくアーティストに変貌したいと望んでいる莉央としては、できればアイドルという呼ばれ方は卒業したかった。

この六階建てのビルは、ワンフロアにつきスタジオがひとつずつ。さほど広くはないビル床面積の弱点を逆手に取った形である。おかげで、スタジオを借りると漏れなくラウンジ（としてはかなり広めだ）も貸しきりとなる。

フロアには身内しかいないという気安さが、緊張を強いられるレコーディング作業であっても〝休むときは休む〟の手助けをしてくれた。

数少ない例外が、食事を搬入するケータリング業者であった。

飽きるから毎回違う味にしたいので毎回違うケータリング業者を頼むこととなり、まだ馴染みの業者がいないのだ。そのうちに贔屓のケータリング業者がみつかるかもしれないが、それまでは転々としそうである。

ラウンジの壁沿いに並べられた長机へ、目深にキャップを被り、背中に会社のロゴの入っただぶだぶのつなぎを着た全体的にもっさりとした男が、もっさりとした動きで料理の盛られたバットをセットしていた。

背中を丸めた姿勢の悪さ。よく見れば長身で、頭がちいさく、手足が長く、全体のバランスも良くて、莉央は、無駄にスタイルいいなあ、あのヒト。と、思った。

いかんせん、もっさりし過ぎだが。

だが、ただスタイルがいいだけでは、莉央がいる世界ではやっていけない。

莉央は、アイドルにしてはそこそこの長身であることを活かし去年からファッション雑誌の専属モデルもつとめ、歌えて、踊れて、――それでもまだ、ぜんぜん足りない気がしていた。もっと、もっと、闘える武器が欲しい。

人々を魅了し惹きつけてやまない、武器が欲しい。

「莉央、しょっぱいのと甘いの、どっちがいい？」

黒川が訊く。

甘いの！と、答えようとして、しばらく黙っていろ、を思い出す。

「ただし、夕飯にはまだ少し早い。わかっているだろうが飽くまで気分転換だからな。腹いっぱい食べると却って声が出にくくなるから、ちょいとつまむだけだぞ」

わかってます！

と、答えるかわりに、じいっとデザートの盛られたバットをみつめると、

「だよな、莉央とくればスイーツだよな」

黒川はくすりと笑って、「だとさ、真行寺。良さげなプチフールを小皿にいくつか見繕って莉央に渡してやってくれ」

と、言った。

「えっ⁉」

莉央は驚きのあまり、「カネさん⁉」

ソファから立ち上がる。

ぜんぜんわからなかった！　抜群のスタイルの良さはさすがだが、でも、ぜんぜん、わからなかった！

目深に被ったキャップを脱ぐと本当に、照れ笑いの真行寺兼満が現れた。

ブレイク目前と業界内でもっぱら噂かれている真行寺兼満ならではの鮮やかな光が、ぶわっと周囲に放たれる。——あの眩しさをどうやって抑えていたのだ⁉

「長いつきあいの莉央がまったく気づかなかったんだから、まあまあ成功ってことでいいんじゃないか？」

黒川は暢気に笑うが、莉央には笑い事ではない。

長いつきあいの事務所の後輩。

小学生でアイドルグループの一員として芸能活動を始めた莉央である。実年齢は莉央の方が下だけれど、芸能界でのキャリアは莉央の方が断然長い。

大学生だった真行寺が事務所を見学に訪れたときから知っていて、以来、付き人っぽいことまでしてもらっていた時期もあるのに、――気づかなかっただなんて！

「まあまあ成功だってさ！　カンコちゃん、聞こえた⁉」

真行寺がエレベーターの奥の非常階段へ向かって声を掛けると、階段に続く壁の陰から真行寺のマネージャーである梶谷幹子が渋い表情で顔を覗かせ、

「莉央ちゃんなら絶対に見破ってくれると踏んでたのに……！」

口惜しげに言った。

「そしたら黒川社長、許可してくれますか？」

瞳を輝かせて真行寺が訊く。

「ああ、ああ、わかった、約束だからな、許可するよ」

「……やりっ！」

真行寺が胸の前でちいさくガッツポーズをする。

「カネさん、許可ってなに？　なにするの？」

しばらく黙っていろ、なんて言い付けにおとなしく従っている場合ではない。「莉央を騙せたらなにができるの？　じゃなくて、カネさん、どうやって完璧に凡人に扮したの？　ぜんぜん気づかなかったし、……気づかなかった！　悔しいぃ」

無駄にスタイルの良いもっさりとした一般人、としか思わなかった。

真行寺のように演劇の舞台を数こなしていくうちに、そういう、存在感を消したり、発揮したり、が自由にできるようになるのだろうか？

だとしても莉央は演技に興味がないし、そもそも二行より長い台詞は（どう頑張っても）覚えられないのだけれど。

「地団駄踏んでても莉央サン、可愛らしいよなあ」

真行寺がのんびりと感心する。怒ってても拗ねてても、ぼんやりしていても、莉央は可愛い。笑ったならば、無敵である。

——『莉央サン』と『カネさん』。

事務所の先輩と後輩だが実年齢とキャリアが比例していないので年功序列とはいかなくて、芸能界では自分の方が遥かに先輩でも実年齢では年上の真行寺を他の皆のように「真行寺」と呼び捨てにはできず、だが「くん」呼びも（なんだか偉そうなので）憚られ、迷った揚げ句に莉央が編み出したのが、兼満の兼、「カネさん」呼びであった。

という莉央のバランス感覚が、先輩風を吹かすのではなく（吹かしてもまったく問題ないのに）、後輩に対しても極力失礼にならないよう自然と配慮するところが、真行寺としては莉央を尊敬する部分であり、年下であろうと「莉央ちゃん」などと軽々しく呼ばない（いや、呼べない）理由でもあった。

なので、莉央サン。

「可愛いとか誉められても嬉しくない。それよりカネさん、さっきのどうやるの？

周りの空気とか、どうコントロールするの？」

黒川社長の言い付けどおりプチフール（一口サイズのケーキ）を小皿に取り分けている真行寺へと、ぐんぐんと莉央が詰め寄る。

「さっきのって、存在感を消す方法？」

「そう！」

普通にしていたら、こんなに目立つのに。

「どうって、……しゅって」

真行寺が、すっと凡人の雰囲気を漂わせる。

「うわ」

莉央が引く。「いきなりダサい」

「ダサいのを恐れずに、しゅって」

「――わかった。私には無理」

莉央はもっともっと輝きたい。誰よりも華やかになって、人々の視線を自分へ釘付けにしたい。ほんの一瞬たりとも凡庸になるのは嫌だ。

小皿に盛られたプチフールの種類と数をチェックした黒川は、

「莉央は役者向きじゃないからなあ」

いくつかバットへ戻すよう真行寺に指示してから、莉央へ渡す。

振り付けだけでなく何十曲もの歌詞を完璧に覚えられるのに、たとえコントの科白(せりふ)であろうと二行め以降は覚えられない。つまり記憶力の問題ではない。

おそらくそもそもの適性がないのだ。莉央は自分以外の何者にもなる気がない。自分自身をとことん突き詰め、より自分らしさを表現してゆくことに、自分を磨き魅力的になることに、やり甲斐(がい)と価値を見出しているのだ。

そう。誰かの書いた脚本に自分を合わせる気など、毛頭ないのだ。

「莉央ちゃんはCMで商品名が言えるなら、それでいいのよ！」

幹子が断言する。

「カンコは昔っから莉央贔屓が過ぎるんだよ」

黒川はやや呆れながら、「そんなんだから、莉央のマネージャーはさせられないんだ」

莉央にはとことん甘く、真行寺には相当に容赦がない。

幹子と書いて愛称はカンコ。正しい読みはミキコ。さほど親しくない人にはカンコとは呼ばせないし、身内以外が居合わせている仕事の場でもカンコとは呼ばせない。要注意人物は真行寺だ。この場はともかく、調子に乗るとすぐに気が緩んでカンコと呼ぶので、常に口酸っぱく注意していた。

そして、かく言う黒川も、莉央の「黒川さん」呼びはオーケーだが、真行寺が「黒川さん」などと気楽に呼ぼうものなら、ナマイキだ！　俺を誰だと思っている、社長だぞ！　そこへ直れ！　と、一ヵ月事務所掃除の刑くらいには処しそうである。

皆総じて莉央には甘く、真行寺には容赦がない。

受け取ったプチフールの盛り合わせをさくっと食べ終えた莉央は、

「やばい。美味しい」

と、空の小皿を黒川へ見せる。

「おかわりは、なし」

「えええええ？　ひどい」

「ひどくはない。レコーディングが終わったら好きなだけ食べていいぞ」

「好きなだけ!?」

「ああ。好きなだけ」

黒川の言葉に俄然、莉央のモチベーションがあがる。

「……うん。喉の調子も回復してきたし、そろそろ歌っても大丈夫かも」

もう大丈夫な気がしたし、うまく歌えそうな気もした。

ありがたいことに調整室のスタッフはいつも莉央を急かさずに、莉央の調子が戻るのを静かに待っていてくれる。そこにはエンジニアだけでなく、作曲家や作詞家や、バックバンドのメンバーも含まれていて、皆、莉央を信じて待っていてくれる。

ようやく、ここまでの信頼関係を構築できた。

莉央が所属する黒川社長の芸能プロダクション『黒川プロモーション』は、タレントは莉央の他には、モデルだけでなく演技もするが歌わない踊らない（歌えないし踊れない）真行寺兼満ひとりで、少数精鋭を旨としていると強がっているものの弱小も弱小の吹けば飛ぶようなプロダクションだが、タレントがふたりきり、という少なさならではの意思の疎通のきめこまかさがあり、社長みずからが現場に出向くことのハードルも低い。

真行寺がブレイクしかけていることで弱小芸能プロダクションに売れっ子がふたりも所属していることになり、少数精鋭という強がりも満更強がりではなくなってきていて、水面下で移籍を希望し打診してくる芸能人も複数いた。

プロダクションの立ち上げからこっち、積極的に所属タレントの数を増やすでなく、量より質にこだわり続けているのは、そもそもが黒川プロモーションは莉央のために黒川が個人事務所として立ち上げたのが始まりであったからだ。

莉央がメンバーのひとりとして活動していたアイドルグループの全員が所属していた大手プロダクションには、活動を続けている間に続々と、若い（というか、幼い？）少女たちが入ってきていた。

新しいグループも次から次へと誕生し、莉央は十代の若さで古株扱いとなっていたのだ。

そこにはもう、正直、莉央の居場所はなかった。莉央の可能性を伸ばしてくれる環境ではなくなってしまった。スタッフの関心と熱意は、かつての莉央がそうだったように、まだなにものでもない無限の可能性を秘めた幼い少女たちに注がれているのだ。

いつかは卒業。ならば、最も良いときに卒業したい。

偶像（アイドル）はもう充分にやったから、これからは自分が本当にやりたいこと、自分が本当になりたい姿へと突き進んでゆきたい。

そんな莉央を、マネージャーをまとめていたチーフの黒川が誘った。そろそろ独立しようかと考えてるんだけど、俺の個人事務所の最初のタレントになる気はある？

と。

アイドル、ではなく、タレント。

かなり前から、アイドル量産スタイルに縛られ、逃れられなくなってしまった大手プロダクションでの、息苦しさのみが蔓延(まんえん)している業務に疑問を抱くようになっていた黒川は、同じく多人数となっていたマネージャーたち、若手であり後進に、道を譲る目的もあり、彼らに権限を委譲して彼らの若い感性とパワーで現状を打破してもらいたいという願いを込め、独立を決意した。

だが最大のきっかけは、十代の若さで古株とされ、ゆるゆると飼い殺し状態になりつつある莉央であった。

この子の才能を見殺しにするなど、とんでもないと思った。

独立に際しては、活動するジャンルが被らないので競合関係にならない点が交渉を有利にさせ、――これから続々と量産される卒業させたい子たちの受け皿になってもらえそうだとの〝あわよくば〟の下心も大手プロダクション側には潜んでいたかもしれない。残念ながら（？）今もって受け皿にはなれていないが、――莉央にしろ黒川にしろ、後進に道を譲る形での卒業退職独立だったので、芸能界では珍しいほどの円満退社であり円満独立であった。

もちろん、順風満帆でここまでこられたわけではないが。

莉央の「黒川さん」呼びはその頃からの流れで現在に至っている。「黒川社長」へと呼び方の訂正を求めないのは莉央に甘いから、だけでなく、それを黒川自身が内心密かに〝初心忘るべからず〟の戒めとしているからだ。

少数精鋭。

莉央に甘く真行寺には辛口の幹子だが、莉央だけでなく、皆、ちゃんと知っていた。彼女は誰よりも真行寺が輝くことを願って、常に模索し続けている。弱小事務所だからこそ、それもまた、語られなくても伝わってくる。

にしても、カネさん、すごい。

するっとあんなことができるなんて。

いつの間にか、すごい。

CMに抜擢(ばってき)されたのも当然なのかもしれない。莉央とはまた違う方向で、たゆまず努力し続けて、進化し続けている。

ううう。負けてられない！

「……ふうぅぅぅ」

目を閉じて莉央は深く息を吐く。ぎりぎりまで吐ききると、吸おうとせずとも新しい空気がたっぷりと肺へ流れ込んできた。

ようやくだ。

莉央が理想とする方向へ音楽環境を整えてくれたのも黒川を始めとするプロダクションの努力だし、もちろん莉央の努力もあるが、陰になり日向になり、してくれた周囲の人々のおかげであった。

ようやく、ここまできた。

だから安心して、頑張れる。

全力で、ぶち当たれる。

「よおし、休憩終了！」

莉央は喉に貼ったままでは歌いにくい冷却ジェルシートをむにゅりとはがすと、そのまま額にぺたりと貼り付け、「またね、カネさん！」

真行寺にバイバイと手を振って、元気にスタジオへ戻ってゆく。

気休めの冷却ジェルシート。

休憩の本当の狙いは、何度やっても歌唱がうまくいかずどんどん行き詰まり固く萎縮し始めてしまった全身の筋肉と気持ちを、緩めて、ほぐすことであった。

「ありがとうな真行寺、おかげで面白い気分転換になったよ」

ポンと真行寺の肩を叩いて、黒川もスタジオへ戻ってゆく。

「社長にお礼、言われちゃったっすけど……」

真行寺がぽかんと幹子を見る。「俺、気分転換とか、狙ってなかったっすよね？」

「そうね、今日は社長との賭けに挑みにきただけだものね」

でもまあ、「結果オーライってことなんじゃないの？」

おかげで機嫌よく社長から許可をもらえたのだから、真行寺には悪い展開ではない。

——真行寺には！

「それにしても、相変わらずオトコマエっすねえ、莉央サンは」

真行寺はしみじみと唸る。「しゅっと気配を消すダサさは受け入れ難いのに、おでこにジェルシートを貼るダサさはオーケーなんすねえ」

「意外だけど、莉央ちゃんには、あれはダサくないってことなのね」

さすがは莉央ちゃん。「額にジェルシートを貼っていても、莉央ちゃんなら最っ高に可愛いけどども」

なにを着ても、どう動いても決まってしまう、天賦の才があるのだ。

まだなにものでもなかったあどけない少女、スカウトした幼き莉央に、黒川は既にその才を見抜いていた。以降、贔屓はせずとも、ずっと目を掛けていた。

才能に惚れ込むとは、まさにこのこと。

「そしたらカンコちゃん」

真行寺は改めて姿勢を正すと、「俺、二週間の夏休み、もらいます！」

ぴしっと幹子へ一礼した。

——それである。

真行寺のことなので、少々山っ気のある黒川社長のツボを知っていて押したわけではないのだろうが、真行寺からの提案に、

「そりゃあ面白そうだ」

と、あっさりと乗った黒川。

十中八九莉央が見破ると、幹子だけでなく黒川も踏んでいたはずだ。でなければ、さすがにふたつ返事で、

「いいぞいいぞ、騙してみろ」

とは、いかないはずで。

真行寺は本気で莉央を騙しにかかった。気配を別人のようにして。

二週間もの間、どこでなにをしたいのかの、説明は受けていた。

スタッフのアルバイトではなく、無償のボランティアで泊まり込みでイベントを手

伝う。

先日のCM撮影で訪れた個人の持ち物である九鬼島で、——そのままリゾートアイランドとして営業できそうな素晴らしい環境と施設（ホテルのような住宅）であった——メンバーも場所も期間も限定されているとはいえ、二週間もの夏休み、もし身バレなどして騒ぎに繋がったりしたらたまったものではない。これからCMが頻繁にテレビで流れ始める。露出が増える大事な時期に、絶対に、絶対に、問題を起こされたくない。

取り越し苦労と笑われようが、神経質なほど警戒して心配してちょうど良いくらいなのだ。

大丈夫っす、身バレしないようにします。

なんて暢気なセリフ、信じられるわけがない。自覚が足りないが、真行寺は、そこにいるだけで華がある。はっと人目を惹く、そういうものを、既に身につけているのである。

真行寺に言わせれば、そこまで幹子が心配せずとも問題ないと。なぜならば、九鬼島でのサマーキャンプの豪華な参加メンバーに比べれば、自分など、まったくぜんぜんしょぼい存在だし、万が一身バレしたとしても、どうってことないような気がすると。幹子には俄には信じられないが、もしかしたら真行寺が一番地味な存在で、そもそも音楽家ではない真行寺には目もくれない人々が集まるはずなので、と。

だとしても。

「CMのオンエアが始まる露出が増える恰好の稼ぎ時に、まとまった休暇を、すみませんっ」

真行寺がもう一度、ぴしっと頭を下げる。

かっこうのかせぎどき！

それよそれ！　まさにそれ！

二度も頭を下げるとは、わかってるじゃないの、真行寺！

なのに、もう。

社長ってば、もう。

「いいの、女に二言はないの、——ないわ。ないけどもっ」

幹子はくっと真行寺を睨むと、「決めたわ。休暇に入る前に死ぬほど働かせてやるから、覚悟しなさいっ。それと崎さんにぜっっっったいにご迷惑おかけしないでよっ」

「？　ギイ先輩にっすか？」

なぜかここでいきなりの崎義一の登場である。

「いくら高校時代の先輩で、ずーっと可愛がってもらっているとはいえ、あの崎さんに、ご迷惑なんておかけしたらタダでは済まさないわよっ」

あの崎さん、こと崎義一、こと、真行寺にとってはギイ先輩。

「かける予定はないっすけど、カンコちゃん、表には絶対出さないけども、ホントにギイ先輩のこと大好きっすよねえ」

筋金入りの面食い。

崎義一と比較されては、さすがの真行寺も勝ち目はない。――高校時代、祠堂学院に入学してほどなく、初めて遠目から見かけたとき、遠目からでも一発で、あれが噂のギイ先輩だとわかった。

存在感が別格だった。

仲良くなった先輩の葉山サンきっかけで、なんとなくギイ先輩とも親しくなって、そんなこんなで、たまたまドアップで顔を見る機会があり、あまりの綺麗さに悶絶しそうになった。したらヤバい奴と距離を置かれそうで、必死に平常心を保った。

ずっとそんな感じなので、そもそも同じ土俵にあがる気がない。

「当たり前でしょ。見くびらないで、私のイケメン好きを！」

黒川社長の方針は少数精鋭だが、――実は、諸事情により、所属はしていないのだが黒川プロ預かりのアイドルの女の子がひとりだけ、いる。特殊な契約なので幹子を始めスタッフはその子との関わりはほとんどなかった——今後を睨んで（趣味と実益も兼ねて）幹子はイケメン枠を充実させたかった。

弱小プロダクションに所属するくらいならば自身で世界規模のプロダクションをさらっと立ち上げてしまうであろう、正真正銘高嶺の花の崎義一。

幹子の現在のイケメン最高峰である。

二十代の若さでとてつもない資産と能力と人脈を持つ彼を口説き落とすのは難攻不落に過ぎるし、全方向どのジャンルであろうとも問答無用で燦然と殿堂入りだし、幹子によるマネージメントなどお呼びでないのも明白だし、そう、崎義一クラスとまでは言わないが（正直、目が贅沢になってしまっていてマズイのだが）、そこまでのレベルは求めずとも、どうにかイケメン枠を充実させたかった。

そういえば。

——九鬼島の電動カーで乗り合わせたバイオリニスト、財前さんとかいったっけ？彼、悪くなかったな。文化人としてならば、充分に、あり、なのでは？

連絡先を交換しそこなってしまったけれど、葉山さんの音大時代の友人でバイオリニストということは、彼もサマーキャンプに参加するのかしら？

ということは、真行寺にかこつけて島に行けば、再会できる——？

「俺、ぜんぜん見くびってないっすけども」

真行寺が律義に訂正する。

むしろ、常々感心しているのだ。

ぶれないイケメン好き。それはそれで、すごいことである。

「とにかく——」

それはさておき、「いいこと？　真行寺、くれぐれも甘えは禁物ですからねっ」

幹子はびしりと釘を刺した。

「——気配を消す練習？」

電話の向こうでギイが笑う。「もしかしてあれか？　真行寺の、芸能人特有のキラキラを消す練習ってことか？」

せっかく、芸能人らしい眩しいほどのキラキラを体得したのに？

「井上教授主催の九鬼島でのサマーキャンプで、悪目立ちしたり騒ぎになったり問題になったりしないよう、地味で目立たないスタッフに完璧に化けられたらボランティアスタッフとして参加してもいいって、事務所と賭けをしたんだって」

心なし、話し声はちいさめで。

葉山託生はケータイをぎゅっと耳に押し当て、急ぎ足で大学の構内を歩いてゆく。

移動に時間をかけたくなかった。

本音を言えば、瞬間移動したかった。

「地味で目立たないスタッフに完璧に化ける？　って、なにを基準に判断するんだ？」

「さあ？　わからないけど、賭けには勝ったらしいよ。さっき真行寺くんから喜びのメールが届いたから、ギイにも届いてるんじゃない？」

「あとで確認してみるよ。賭けに勝てて良かったじゃんか真行寺。――で？　託生、今日の帰りは何時くらいだ？」

「これからレッスンだから、長くて二時間くらいだとして……」

「わかった。まったり帰りを待つとするよ」

「あ、ギイ、夕飯、先に食べてていいからね」

「なに。――外で食べてくるのか」

ギイの声のトーンが低くなる。

やばい。

「ううん、その予定はないけど」

託生は即座に否定して、「でも、久しぶりの、ようやくの、京古野教授立ち会いでの城縞くんとのレッスンだから、時間が読めないし展開も読めなくて」

あああ、緊張する。

京古野教授こと京古野耀。

世界中で演奏活動をしているプロのピアニストでもある京古野は、日本国内にいる期間も限られているし、国内にいるとしても大学の近くとは限らない。日本はけっこう、広いのだ。

さすがに夕食抜きで四時間も五時間も延々とレッスン、ということにはならないだろうが、城縞が納得できずに粘ったならば、――これぱかりは託生にはどうともできない。

大学時代に京古野教授の門下生であった城縞恭尋、本日の練習曲はサマーキャンプでの演奏会で披露予定のバイオリンの名曲サン・サーンスの『序奏とロンド・カプリチオーソ』で、つまりは託生が弾くバイオリンがメインで城縞はそのピアノ伴奏をするのだが、故あってレッスンの対象は伴奏の城縞の方である。

託生は高校生の頃に同曲を、畏れ多くももったいなくも京古野の指導と伴奏により人前で演奏したことがあった。当時と今の演奏能力を比べたら、まがりなりにも大学で四年間の研鑽を重ねた後なので（卒業し現役でなくなった期間の方が長いとしても）、高校生の頃よりは達者である、と思いたい。

「オレだって久しぶりだろ？　久しぶりに、この時間に家にいるだろ？」

わかりやすくギイが拗ねる。

鉄砲玉のように、出掛けたならばなかなか帰宅しないギイ。

どこでなにをしているのか。

定時に大学へ出勤し、ほぼ定時に帰宅する、という生活サイクルの託生に対し、すれ違いとまではいわないが、自由なギイはかなり不規則なライフスタイルを送っていた。

「まさかかち合うとは思わなかったよ。ギイも城縞くんも、急に言うから」

「悪かったよ、急に言って」

「悪いとは言ってないだろ。両立は無理って話だろ」

「いくらオレでもこっちを優先させろとは言わないよ。……ん？　ということは託生、レッスンが始まるまでそんなに時間がないのに、これ、この電話、留守電でスルーできたのに、オレからの着信に出てくれたってことか？」

「——そうですけど」

気づかれた。「それがなにか？」

「いやいや」

ギイのトーンが甘くなる。「そうか、悪かったな、それこそオレが電話したタイミングが」

気づかれてしまった！

「——べ、別に？」

こちらからかけるほどではないけれど、緊張しまくるレッスンの前にギイの声が聞きたいなと思っていたら、まるで以心伝心のように着信したのだ。

嬉しくて、反射的に電話を受けた。

できればずっとギイの声を聞いていたい、目的地に着くまで。

と、本日のレッスン室である京古野教授の教授室がある建物が視界に入った。

ここまでくる間に、いったい何人の女子学生に話しかけられそうになったことか。

全員が全員、ピアノ科の学生とは限らないだろうが、すべての講義がとっくに終わっている時間であるにもかかわらず、あんなに構内に残っていたとは！

耳聡い女子学生たちは本日、当大学私立桜ノ宮坂音楽大学の卒業生であり、世界的な活躍を始めた憧れの若きピアニスト（しかもクールなイケメン）城縞恭尋が来校することを知っているのだろう。そしてその情報の真偽、もしくは詳細を、今回の演奏パートナーである葉山託生から得ようとしているのだ。

電話をしていたおかげで彼女たちの存在に気づかぬ振りができた。誰にも通話の邪魔をされることなく、ここまでくることができた。

一石二鳥。——絶妙なタイミングの、ギイからの電話で。

当大学のバイオリン科教授であり幼い頃にデビューして以降天才バイオリニストの名をほしいままにして世界中で演奏活動を行っている井上佐智、彼の大学に於いての専属スタッフを務めている託生は、通常は事務が主な業務である。

なのだが以前とは違い、このところ学生時代の頃のように（隙間時間で個人練習をするために）毎日バイオリンを持ち歩いていたので、託生がバイオリンケースを持っているか否かで城縞とのレッスンがあるかないかを判断するのは難しい。ならば直接、本人に訊いて確かめようという算段。

狙いが透けて見える、彼女たちの眼差し。

こんなことなら託生たちの新居でレッスンすることにしておけば良かったのだが、

もしくは京古野の自宅、九鬼島に足を運んでも良かったし、なんなら、どこかの有料スタジオを借りても良かったかもしれない。――城縞の実家は、さすがに遠いが。

「にしても、歩きながら話すのうまくなったなあ、託生」

ギイが可笑しな感心をする。

急ぎ足で歩きながらの通話でも息が切れなくなった。毎日、広い大学構内を、時間に追われながらあちらこちらと移動しているおかげかもしれない。基礎体力の向上、思わぬ仕事上の副産物である。

「うん。高校時代より、体力あるかも」

「かもな」

ギイは笑い、「じゃあ、京古野さんによろしくな」

上機嫌のまま告げる。

「わかった、伝えておくね」

「それと、バイオリン、頑張れよ」

「うん。頑張る」

ギイに励まされると力が湧く。

臆している気持ちが、すっと前向きになれる。

レッスン前に話せて嬉しい。――ギイの声が聞けて嬉しい。

「ありがとう、ギイ」

「なにが？　え？　礼を言われるようなこと、オレ、なにもしてないぞ？」

「ギイに頑張れって言われるの、好きだから」

「……そうか？」

「うん。ありがとう」

「そっか。じゃ、もう一度、言おう」

ギイは声を改めて、「託生、バイオリン、頑張れ」

と、力強く耳元で囁いた。

しあわせな心持ちで通話を切るべくケータイを耳から離そうとした託生の目の前に、数人の女子学生が行く先を塞ぐように現れた。

託生は慌てて立ち止まる。――正面衝突を避けるために。

「葉山さん！　電話、終わりましたよね？　お尋ねしたいことがあるんですがっ」

しまった。

ゴールを目前にして油断した。

機をうかがわれていたとは、不覚。

この辺りに人影はなかったはずなのに、姿を見せずに託生の電話が終わるのをじっと待っていたとは。この粘り強さや辛抱強さを是非とも別の場面で発揮してもらいたいものだ。

「城縞くんのことならなにも教えられないからね」

先手必勝で託生は断る。が、

「今日、合わせるんじゃないんですか？」

「京古野教授も、今日は大学にいらしてますよね」

立て続けに詰め寄られる。——まるきり効果はなかったようだ。

「誤魔化そうったってダメですからね。この先には、バイオリン科の井上教授室はありませんよ、葉山さん」

「待って、皆、お願いするんだから、もっと柔らかく」

「いけない、つい」

「あのね、葉山さん、私たち絶対に迷惑にならないようにしますから、レッスンを見学させてもらっていいですか？」

そこへ、

「なに。きみたちそんなに城縞くんに嫌われたいの？」

冷ややかな声が割って入る。

女子学生たちが一斉にびくりと身を竦めた。

「さ、榊さんっ」

まずい人にみつかってしまった、という空気。

榊篤嗣。

京古野教授のマネージメントスタッフのひとりである。

井上教授における託生のように、頻繁に大学に出入りはしているが、榊も大学側の人間ではない。そして託生とは違い、榊はマネージメントのみで、学生へのアドバイスなどレッスンの内容には関わらない。なにせ（生憎と）音楽はからきし不得手であった。

「城縞くんのファンなら、もっと彼をリサーチしろよ。京古野教授との数少ない貴重なレッスンをミーハーなギャラリーに囲まれて気を散らされたくないだろうさ。レッスンで集中を切らされるのがなにより嫌いなんだよ、彼は。わかるかな？」

「ミ、ミーハーとか、失礼ですよ」

「そうよ。私たち、そんなんじゃありません」

「へぇ？」

　榊は冷ややかに彼女たちを眺めると、「俺は断言できるけど、きみたち、レッスン室に現れたら全員城縞くんにマークされるよ。無神経な学生として」

「お、覚えてもらえるなら、それはそれで、光栄ですけどっ」

「気の強い女は俺は嫌いじゃないけどな、城縞くんはどうかなあ？　なにもみすみす自分から嫌われにいかなくてもいいんじゃないの？」

　榊は託生を見ると、「どう思う、葉山くん？」

と、振る。

　女子学生の視線も、託生へと集まる。

「……確かに、好かれるチャンスは、失いますね」

　城縞との距離の取り方は難問なのだ。同性異性にかかわらず。「苦手な人として認定されると、近寄った分だけ離れていきますし」

　不機嫌という意味での気難しさは城縞にはないが、親しくなろうとする場合には、かなり手古摺る。なかなか打ち解けてはくれない。

「じゃあ葉山さんはどうやって城縞さんと親しくなれたんですか？」

「や、特に親しくはないよ。学生時代に伴奏をしてもらっていただけで」

「いや、親しいね」

榊が言い切る。「城縞くんは葉山くんみたいなタイプが好みなんだよ」

「え⁉」

女子学生たちが揃って息を呑む。

「もし葉山くんが女子だったら、在学中に城縞くんのガールフレンドになっていたかもしれないねえ」

なあんだ、そういう意味か……！

卒業して何年も経っていて、ろくに演奏活動もしていない大学の事務員（ではないのだが、学生からはそういう認識である）が、いくら学生時代はパートナーだったからって、どうして今更新進気鋭のピアニストが自分のパートナーに指名したのか、それはもう訝（いぶか）しさが満載で。

てっきり下心とか（認めたくはないが）あるのかと深読みしていた女子もいて、なので、好みと言われて過剰反応してしまった。

良かった。リアルにタイプなのかと、肝を冷やしたわ。

城縞の人間嫌い（？）は大学時代から有名で、にもかかわらず、の、葉山託生の存在に、もしかして、もしかする？　と、当時から、本人たちの与（あずか）り知らぬところで密かに疑われていたのもまた事実で。

良かった。付き合いやすいって、意味だった。

みるみる女子学生たちの緊張が緩む。

「これは意地悪でなく親切心での忠告だけどな、自分の身に置き換えて想像してみるといい。レッスンで教授との真剣勝負の場に物見遊山の見物人がいて、嬉しいか？」

「……それは」

「でも」

「ねえ？」

女子学生たちの歯切れが鈍る。

「自分がされて嫌なことは人にはしない。鉄則だろ？　況（ま）してや城縞くんは、きみたち以上にその点には神経質だぞ」

女子学生たちはついに黙った。

「ファンなら、城縞くんの邪魔をするな。これ以上しつこく食い下がるなら、迷惑行為として大学に報告するからな」

「わかりました！」

たまらずに、ひとりが言う。

「でも、そしたら、私たち、どうしたらいいですか？　せっかくのチャンスなのに、ファンなのに、顔すら見せてもらえないんですか？」

「そうですよ！　あれは駄目、これも駄目って、随分ですよね」

「それこそひどくないですか？」

「……粘るね、きみたち」

さすがの榊も引き気味である。

「……ね、あれは？」

ひとりが、隣の子の脇を肱で軽くつついた。

「あれ？　あ！」

彼女たちの視線がまたしても託生に集まる。

「葉山さん、今年の井上教授主催のサマーキャンプ、ボランティアスタッフの募集、してませんか？　私たち、応募したいんですけど！」

声楽を含め楽器の種類は問われないが、サマーキャンプには年齢的な制限があり、中学生や高校生が対象であった。彼ら彼女らが師事している先生にも垣根はなく、音楽の専門コースに通っていようといまいと関係なく、参加費はそれなりの金額だが、井上佐智を始めとして教える側には超一流の演奏家がずらりと揃い、現役音大生にも門戸を開いてもらいたい（音大生ではないが真剣に音楽を学ぶ大学生や社会人にも）

と切望され続けているイベントで、だがいつもなら端から参加を諦めているイベントでもある。

申し込めば誰でも、というわけにはもちろんいかず、参加者の選考基準は公表されていないのだが、演奏家の名前によってだいたいの予想はついた。あの演奏家が講師として名を連ねているということは、今回はあの楽器を学ぶ子どもがいるのだな、というふうに。

そして、教える側ではなく毎日何回となくあちらこちらで開かれる演奏会のため、だけに、たくさんの演奏家がボランティアで駆けつける。——残念ながらそれも城縞クラスであって、一介の音大生ではお声は掛からない。

であれば、手伝い。

食事のあとの片付けだろうと、部屋の掃除だろうと、なんでもこいだ。

「あー……」

託生は申し訳なくなった。「それも、手は足りてて……」

例年は井上教授の門下生（ほぼ全員）がボランティアに駆り出されていたのだが、今回は、それにも制限がかかった。制限がかからなくとも今回は（あまりの内容の豪華さに）全員がボランティアを希望していたのだが、制限がかかると更に燃える。人と、諸事情により会場が九鬼島に急遽変更となったのがむしろ幸いしたという、レアケースで。九鬼島には優秀な京古野家のスタッフが常駐しており、一部の例外を除いて、素人の出る幕がないのであった。

なにせ九鬼島には年がら年中、世界的な演奏家たちがバカンス気分で訪れているのである。主の京古野耀が不在でもおかまいなしに。

そんな彼らのもてなしを、難無くこなしているスタッフなのであった。

今年はそこに真行寺兼満が加わる。――隠密だが。

今をときめく芸能人だ。――姿を偽った隠密で、だが。

おそらくギイも、いるだろう。隠密ではなく、普通に。

ギイは世界的な超一流の音楽家でも芸能人でもないけれど、一目で心が奪われるようなルックスと華やかな存在感の持ち主なのだ。若くしてとてつもない個人資産の持ち主であることは横に置くとしても、知性もユーモアセンスも抜群で、託生としてはできれば誰の目にも触れさせたくないのだが、そんなことは無理な相談なので、平気な振りをしている。

だが本音では、きさくで人柄まで良いギイと、ギイをそれまで知らなかった人との接点を持たせるようなことは、接点を増やすようなことは、避けたかった。

——避けたいが、避けられない。

なので、なんとしても絶対に、無意味に人員を増やしたくないのだ。

それにもし真行寺の説得が成功して、なんやかんやで今や仲間内では渡島歴ダントツで九鬼島のスペシャリストになりつつある三洲新が参加してくれることになったなら、潑剌(はつらつ)としていない今のアラタさんが云々(うんぬん)と真行寺はずっと心配しているのだが、もともとそんなに潑剌としたキャラクターではないし、そこはまあよしとして、なにせ三洲は医大卒のエリートでしかも静かに人を惹きつける独特な存在感の持ち主で、なんというか……。

城縞目当ての彼女たちがあっさりと鞍替(くらが)えしそうな面子(メンツ)が揃うことになる。サマーキャンプが色恋沙汰(ざた)で揉(も)めるのは、本気で、御免だ。

「悪いね。本当に、申し訳ないけど、いろいろ、諦めてください！」

託生は彼女たちへ頭を下げる。

「はい！」

榊は、ぱん！　と手を叩くと、「これでこの話はおしまい！　葉山くん、行こうか」託生の腕をぐいと引き、今度こそ女子学生たちに付け入る隙を与えずにそそくさとその場を離れた。

消しておいたはずの保健室の室内灯が点いている。

放課後の、消灯された保健室に勝手に入って点灯する生徒は基本的にはいない。それどころか教師もいない。

少なからず劇薬指定の医薬品が（施錠式の棚なれど）置かれていることもあり、無断入室が禁止行為であるだけでなく、放課後に限らず保健室を不在にするときには行き先を表示して、それがたとえトイレに行くための数分間でも施錠しておくからで、保健室の鍵は限られた者しか持っていないからである。

ああ、惜しいな。

「……千頭くんに会わせてあげたかったたな」

三学期には戻ってくるよと本人の口から直接聞いたならば、すとんと安心できただろう。

せっかくの機会を活かしてあげられなかったことを残念に思いつつ、三洲はノックをしてから保健室の横開きの引き戸を開けた。

室内には、机に向かって溜まった書類のチェックをしている、カジュアルな服装の一ノ瀬がいた。

書類から目を上げて、

「おや？　三洲先生、まだ校内に残っていらしたんですか。消灯していたので、てっきり帰宅されたかと」

柔らかく微笑む。

入り口脇の壁に貼られている、二枚の紙を重ねて作られたルーレットのような回転式の『いまここにいます』シート。くたびれた風情なのは、長年使われているからで。ちゃんと『校内にいます』に合わせられているのだが、一ノ瀬の目には留まらなかったらしい。——シートを作った本人なのだが、

「別室で作業をしていたので、こちらは消灯していました」

「こんな時間まで！」

一ノ瀬は軽く驚いた。「働き者ですね。お疲れさまです」

そう、とっくに帰宅していておかしくない時間帯だからである。消灯=既に帰宅。シートを確認するまでもない。

多忙なスケジュールの合間を縫って数日ぶりに現れた本来の保健室の主から、多忙さを微塵も感じさせることなくダンディ且つ爽やかに挨拶され、

「こんな時間まで、は一ノ瀬先生もです。お疲れさまです」

圧倒的に三洲よりも働き者の一ノ瀬へと、三洲は尊敬の念を込めて挨拶を返す。

一ノ瀬紀一。

余談だが、三洲が初めて一ノ瀬紀一の名を書類で目にしたとき某崎義一を連想し、複雑な心境となったものだ。三洲にとって因縁の同級生と、名前だけでなく育ちの良さそうな外見やきさくな性格や、とにかく、やたらと印象が重なり当初はどうにも落ち着かなかった。

さておき、聞くところによれば〝一に始まり一に終わる〟名前の示すとおり、県下随一の進学高校へトップで入学しトップで卒業し、代々医者（内科の開業医である）の家系に倣い一流医大に進学しインターンを経て付属の大学病院でお礼奉公（？）したのちに、（なぜか、実家の開業医ではなく）高校の保健室の先生をしている、そうだ。卒業した医大こそ異なるが〝医学の道〟という大きなくくりでは、三洲の先輩である。

なぜか、というのは三洲の率直な感想であり、本人曰く、

「保健室の先生は天職」

だそうで。

天職。

天の定めた職業。自分にとって最上の職業であるという意味だ。

金銭面での開きはあれど職業に優劣は存在しないし、医者が上位で保健室の先生は格下とも思っていないが、——ヒエラルキーのきつさで有名な医学界では、上に逆らう反乱分子を塩漬けにして干すことなど日常茶飯事であり、最上位が脳外科、最下位が歯科などと揶揄されたりするし、ゆるぎなくその価値観を持つ人々がいるのもまた事実だが、もともと三洲にはそのような差別感覚はなかったし、医者になるために医大に進み、卒業後もその道を選び、たくさんの医療従事者と出会った結果、今でも、向き不向き、適材適所は重要だが、職業に優劣は存在しないと思っている。

ただ、医者への道を進んだものの、果たしてこの道が自分に合っているのか、適材適所に適うのか未だによくわからないし、当然、一ノ瀬のように、これが自分の天職などと実感したことは一度もなかった。

そもそも〝天職〟の意味が、字面ではなく体感として、よくわからない。

なぜか、保健室の先生。——なぜか。

初めて一ノ瀬の経歴を知ったときの率直な感想は、率直な疑問であり、――が、ここ数ヵ月で、印象は劇的に変わった。

開業医よりも手前にある医療の最前線。病院とは異なり重症者こそいないけれども、内科外科精神科など対応すべきジャンルは多岐にわたり、しかも公衆衛生や予防医学の要素も含まれる。これまで学校の保健室というものに抱いていた、のんびりとほんわりとした印象は、既に三洲にはない。

「一ノ瀬先生、新設校の準備は順調ですか？」

「なんとかね」

一ノ瀬は頷き、「準備はひとまず山場を越えつつあるんだが、どうもね、初年度の入学希望者が想定よりもかなり多くなりそうなんだ。枠を増やすことになるかもしれない」

「やはりそうなんですね。もう下校してしまいましたが、さっき千頭良樹くんと少し話をしまして、彼は新設校に編入を希望してました」

「一年生のみのスタートだからな、上級生の編入は難しいかもしれないな」

「それも伝えておきました。入りたいなら入試を受けて一年生からだよと」

「それを聞いて、どんな反応だったかい？」

「さすがに迷ってました」

「迷ってくれたか。良かった」

一ノ瀬は安堵したように笑い、「体制が完全に仕上がっていれば編入生も受け入れてあげられるんだが、いかんせん、最善は尽くすが手探りでのスタートだからね。せっかく安定してきている子が環境が変わって調子を崩さないとも限らないし」

「新しい環境に適応するのに、かなりのエネルギーが必要ですしね」

彼らのような生徒たちには特に。

「おかげさまで、と言っていいのかはわからないが、人気の高さは実感しているよ。注目もされている」

ひっきりなしの問い合わせ、学園の事務局にも一ノ瀬個人へも。「少子化の進んでいるこの御時世に、この御時世だからかな、不登校の生徒のための新設校という前振りだけで、かなり多くの保護者が強い関心を寄せてくれている」

言葉にされるまでもなく、真摯に伝わってくる切実な思い。

保護者たちは、救いを求めるように、我が子のために祈るように、こちらの説明に縋りつくように耳を傾けるのだ。

学力以前の問題で、電車などの公共機関を使えない子、制服を見ただけでPTSD

を発症する子、いじめにあった子もいよう、通院が欠かせない子も。高校の三年間を車で送迎する必要のある子もいる。それでも、少しでも、普通に高校へ通わせてあげたい。

なんとか。どうにか。

高校卒業後の将来を見据えていればこその、保護者たちの切なる願い。先ずは高校へ、そして社会へと、自分の足で歩けるようにしてあげたい。その期待に応えるためにも、保護者たちと苦労や苦悩を分かち合いながら、精一杯に最善を尽くす。

「祠堂で初の共学で、教える側の勝手も違うし、採用する教師全員にゆくゆくはカウンセラーの資格を取ってもらう方向でカウンセリングの勉強をしていただかなくてはならないし、と、そんなこんなで、生徒だけでなく、教師のフォローもするために、しばらくは向こうの保健室の先生は、常勤の学校医と養護教諭のふたり体制になりそうなんだよ」

一般的に医師が保健室の先生を務める場合は学校医と呼ばれる。

医師なので、独自の判断での医療行為ができたり、予防注射が射てたりと簡易な治療ならばその場でできるが、非常勤であり、たいていは開業医との兼業など別の医療機関に従事しており、常に学校にいるということはない。

御側付きが同行する良家の子息のみが入学を許された祠堂学院。創設時の歴史的背景と山奥の全寮制という環境の、始まりこそは必要に迫られた結果とはいえ、名称が医務室、保健室と異なっていても為されることは同じであり、現在も医師が学校医として常駐している学院学園両祠堂のスタイルは、大変に珍しいケースであった。

「ふたり体制に、ですか？」

それはまた。

学校医の常駐方針を引き継ぐだけでなく、なんとグレードアップされている。

高校の保健室に先生がふたり常駐するケースなど、三洲は聞いたこともない。

「ふたりとは、本当に手厚いですね。もしかして、保健室と医務室とを併設するんですか？」

「併設？　ああ、その手があったな！」

一ノ瀬が弾けるように頷く。「保健室とは別にカウンセリングルームの扱いをどうするか検討をしている最中でね、校内のどこでもどの教師とでも、生徒が話したいタイミングでカウンセリングができるような環境を目指しているんだが、保健室とは別に医務室か……。いや、だが、きっちりと保健室と医務室とをわけてしまうと却って垣根として機能してしまうかもしれないな。同じ空間を色分け程度で区切るのが、生徒には、ハードルが低くて良いかもしれないね。有意義な気づきをありがとう。助かったよ、三洲先生」

「や、いえ」

たいしたことは言っていない。三洲のほんの思いつきを、有意義な材料として検討する一ノ瀬のセンスの高さゆえだ。

準備が進んでゆく中で、ようやく見えてくるものがある。

対応する柔軟さも、求められる。

決断する潔さも、また、必要だ。

そのどちらも一ノ瀬は持ち合わせていた。――こういうところも、ヤツと重なる。

予算が膨らみ、ますますの資金繰りの難解さ、複雑化するスケジュール管理、問題は次々と山積するが、ひとつひとつに粛々と対応してゆくのであろう。

「ということで、三洲先生にはここの仕事を引き受けてもらって本当に助かっていますす。おかげで向こうの準備に全力で取り組めていますから。ありがとう」

一ノ瀬は改めて礼を述べた。

「いえ、一ノ瀬先生に感謝されるほどの仕事は、していないので」

まだまだなのだ。

謙遜ではなく、千頭良樹ではないが、三洲も、どうにかこうにか、この数カ月間を乗り切ってきた。

任せられてはいるが、任せきり、というわけでなく、逐一、一ノ瀬に報告し連絡を取り合っていたので、幸いにして生徒のことで問題の悪化は起きていなかった。

目指すのは、ちいさな解決の積み重ねである。

三洲は医師の資格を持っているが、高校は医療機関ではなく教育現場なのだから、その範疇で、為すべきことを為す。三洲なりの最善を尽くす。

『先生、外国に住んでる弟、いる？』

いる？　と使った良樹の変化は、三洲との距離がほんの少し縮まったことは、良樹にとっても三洲にとっても、ちいさいながらもひとつの解決であった。

それは、ぽうっと灯った、ちいさな光のようなもの。

そのちいさな光が明日を生きる力に繋がる。

少しだけ明るい心で、世界が見られるようになる。

「いやいや、たいしたものですよ」

一ノ瀬は手にしていた書類を示して、「三洲先生のカルテ、――日本語で書かれていることも含めてとてもわかりやすいですし、どう対応したかも明確に書かれていますし、二学期終了までという契約が残念でなりませんね」

冗談を絡めて微笑む。

たとえそれがお世辞だったとしても、嬉しい。

「一ノ瀬先生は、どうして保健室の先生になられたんですか？」

経歴は人伝で聞いていたが、直接、本人に訊いたことはない。

引き継ぎを兼ねた数週間ほどの研修期間、いつ見ても楽しそうに仕事をしている一ノ瀬の様子に、うっかり、

「楽しそうですね」

と、まんまの感想をこぼしたとき、

「楽しいよ。保健室の先生（この仕事）は僕の天職だからね」

と、満面の笑みで返された。

「どうして？　改めて訊かれると、うーん、理由はいくつかあるけど、一番は、なりたかったたから、かな？」

「……なりたかったから？」

なりたかった？

「家業なんだよ、実は。それで子どもの頃からこの仕事に憧れててね」

「――はい？」

意外そうに訊き返した三洲へ、

「立ち話もなんだから、よければ座って」

一ノ瀬は書類を揃えて机へ置くと、三洲に診察用の丸椅子をすすめた。

「記憶違いでなければ、一ノ瀬先生のご実家は開業医と聞いているんですが」

「一ノ瀬医院のことかな？　うん、そっちも家業。これも、家業」

「もしかして、前任の保健室の先生って、一ノ瀬先生のご家族の方だったんですか？」

「そう、父親」

「――父親」

「三洲先生の実家は、開業医ではないんだよね？」

「はい。父はサラリーマンです。営業をしています」

「でも確か、一族に開業医が多いんだよね」

「父方は、三洲の家系は、医者が多いです」

母方の出木(でぎ)の家系には医者はいない。

「そしたらうるさく言われるだろう？　開業しろって。結婚しろ、と似た調子で」

悪戯(いたずら)っぽく一ノ瀬が目を細める。

「はい」

結婚しろ、に関しては常に右から左なので言われたところで記憶にすら残っていないが、父方の従兄弟の中で三洲が一番年少だからか、「開業の準備を手伝ってやる、と、伯父たちから機会あるごとに言われます」

従兄弟に当たる彼らの子どもたちを皆無事に独立させて、やることがなくなってつまらないのか、こぞって三洲の世話を焼きたがる。それも、土地から設計図から用意する勢いで。無利子無期限で資金まで援助しようとする。

「三洲先生、その話にはのらないんだ？」

一ノ瀬が楽しげに訊く。

「のりません。恐ろしいですよ、とんでもないです」

「年長者の厚意には甘えておくものだ、とか、言われる？」

「――言われます。ですが、甘える甘えないのレベルの話ではないです」

彼らはわかっていないのだ。彼らは、可愛い甥っこの世話を焼こうとしているが、三洲一族の、血の繋がった最年少者の世話を焼こうとしているが、――違うのだ。

三洲に、三洲の血は、流れていない。

「僕もよく言われたなあ、若い頃にね、隙あらばと親戚中から」

一ノ瀬は思い出して笑う。「そうかあ、似たような環境だとやっぱり言われるのか。定番なんだな、ははは」

血の繋がり、──結局、あれはどうなったのだ？

今日はやけに彼のことを思い出す。

厄介な相続問題に片はついたのだろうか？

父親と血の繋がらない息子の価値って、……なんだろう。

「三洲先生は、うちの父親とは面識はなかったんだっけ？」

「ないと思います」

「学院の卒業生なんだって？」

「あ、……はい」

「黙ってるの、水臭くないかい？」

「みず、いえ、そんなことは」

兄弟校を卒業したからといって今回の仕事に有利に働くということはない。仕事を紹介してくれた大学の先輩は、三洲が祠堂学院の卒業生だとは知らない。

たまたま、ご縁があったのだ。

いくら祠堂が私立で教師に異動がなく長年にわたって面子がほぼ変わらなくとも、

他県にある学院と学園の交流は滅多にない。三洲は生徒会の関係で何度か学園に来校していたが、生徒会同士の交流は毎年重ねられてゆくのだ。頻繁な交流でなかったとしても、その都度、記憶も情報も上書きされてゆくし、かれこれ十年ほども前の兄弟校の生徒のことなど、教師たちもそうそう覚えてはいないだろう。況してや顔も見たことのない兄弟校の生徒のことまで把握する必要もない。

「伝説の生徒会長なんだって？　かっこいいねえ」

「あの……一ノ瀬先生、どこからそのような話を？」

「学院の中山先生から」

「――中山先生！」

「新設校に関しては、中山先生からもアドバイスをたくさんいただいているのでね、よくお会いしているんだ。それで、なにかの拍子に三洲先生が学院の卒業生とわかってね。医大に進んだところまでは知っているがその後のことは知らなかった、三洲くんは達者にしているのかなと尋ねられたので、学園での仕事を任せていて頼もしい限りですとお伝えしたら、とても喜んでいらしたよ」

……ああ。

体調を崩したときに付ききりで看てもらったのにな。医大に行くべきかどうか、進路の相談にものってもらった。──不義理をしてばかりだな、俺は。

「ちょうど良かった。思い出したよ。中山先生が、三洲先生と一度折り入って話をしたいとおっしゃってらしたんだ」

「俺とですか？」

「そろそろ引退を考えていらっしゃるようでね」

「引退を？　中山先生が、ですか？」

「けっこうなお年だろう？　すぐに辞めずとも、後任を育てておきたいようなんだ」

引退？　後任？　──もう、そんな？

「うちの父親も、辞めどきには苦労したなあ。うちの場合は、強引に辞めさせて、僕がここに居座った感じなんだけれどね」

「そうでした。どうして保健室の先生になったのか、という話でした」

「保健室の先生としての父親が、子どもの頃の僕の憧れでね、夢を叶えたってことなんだ」

「でしたらご実家の開業医は、一ノ瀬医院は今後も継がれないんですか？」

「あっちは兄が継いでるよ、だから実家の心配はしなくていいんだ。長男が跡を継いだんだから、順当だろう？」

開業医ならば分院という手もあるが、――本院を継げない三洲の従兄弟たちは、そのコースを取っている。

「医者(ドクター)の世界に、未練はなかったんですか?」

「僕の夢は、つまり、最高の保健室の先生になることなんだよ。そして今、夢にまた一歩近づきつつあるんだよ」

不登校の生徒だけを対象にした新設校。

長年の希望を現実のものとしつつある今、こんなに気概に溢(あふ)れていて。

未練なんか、あるわけないか。

「でも三洲先生は違うよね」

一ノ瀬が不意に真剣な表情になる。「中山先生に口説かれて、学院の保健室の先生になるというルートもあるかもしれないけれど、でも、きみは、違うよね」

じっと目の奥を見詰められ、三洲は咄嗟(とっさ)に視線を外した。

祠堂学院は、人里離れた山奥にぽつんとある全寮制の高校なので、名称が医務室であれ保健室であれ関係なく、伝統的に学校の保健室の先生として医師が常駐していたのは、むしろ必須(ひっす)であろう。

反して、学園の方はとても開けた街なかにあり、周囲に医療機関が多数点在しているので、保健室の先生が医師である必要はないのだが、創設は学院の方が先なので、そこは学院に倣ったのかもしれない。以降、継承され続けている理由はさておき、始まりとしては、そうだったのかもしれない。

「どうしてもやりたい、もしくは挑戦してみたいということならば、三洲先生には保健室の先生としての適性がありそうだから、中山先生がするかもしれない提案にのってみたらどうかと言いたいところだが」

「いえ」

三洲は短く遮った。

『いやいや、たいしたものですよ』

ぜんぜんたいしたことはない。

仕事に入る前は、なにかできればいいと、思っていた。勤める以上は、と、そう。だが臨時で勤めてほんの数カ月で成果が出せるほど、甘い環境ではなかった。高校は教育の場であるし、教育は、いうなれば一生ものだ。高校は長い生涯のたった三年間。だが、かけがえのない三年間でもある。

一ノ瀬だけでなく他の先生たちの、真摯な姿勢や熱心さ、教育に立ち向かう真剣さに胸を打たれることが、しばしばあった。

自分にはとても、引き受けられない。

二学期いっぱいと期限が切られているから、どうにかフル稼働できているのだ。

「一ノ瀬先生の見立てどおり、俺には、重いです」

「そうだね、こう、芯がない、感じだものね。――前からそうなの？」

「え？」

芯がない――？

「ああ、違うな。芯がないのではなくて、芯は強いはずなのに、行き先を見失った感じかな。だから持てるはずの重さが、今は持てなくなっているのかな」

「それは……」

三洲は二の句が継げなくなった。

だが、不安定な今の自分の状態を一ノ瀬にさらりと言語化されて、さぞや惨めな気持ちになるのかと思いきや、そうではなかった。

持てるはずの重さが、今は、持てない。

この人は、この人の言葉には、なんという温かさと希望があるのだろう。

「……生徒たちが、一ノ瀬先生を、心の支えにしている理由が、わかった気がします」

そんなに年齢は離れていないのに、積み重ね方と覚悟が、自分とは違っていたのだな。

「なんだい、突然？」

一ノ瀬が驚く。「そういう話の流れだった？」

「目の前のことには、集中できます。やるべきことを全力でこなすことも。ですが——」

行き先を見失ってしまった。

年を重ねれば薄れるだろうと思っていたのに、年を重ねれば重ねるほど、自分がなにものなのか、本当はどこの誰なのかが、——三洲を名乗る資格のなさに、たまらなくなってきた。

両親の愛情を疑ったことはない。

そういうことではない。

そうではなくて、——戸籍の話でもなくて、自分の本当の両親がどんな人物だったのか、せめてそれだけでも知りたくてたまらなくなったのだ。

ずっと蓋をしていたのに。

そんなことを知ったところで、意味はないと。

「なんで産んだのかと、……思って」

ぼろりと涙が零れた。

人前で泣くなどと、ありえないのに。

意地でも泣かなかったあいつ以上に、そんなことはありえないのに。

なんで産んだのだ。どうして、――どうして。と、自分こそが訊きたい。

「産まれなければ良かった、という意味で？」

一ノ瀬が静かに尋ねる。

「いいえ」

三洲は即座に否定した。「ただ、自分が存在している意味が、――自信が、……すみません、うまく説明できないです」

多くの人が、自分の生みの親を知っている。

他人と比べてどうこうという、そういう話でもない。

「たくさんの人を、騙しているような、裏切っているような、気がして……」

三洲一族の厚意すら、重荷にしかならない。

「うん。それで、一旦、医者をやめたんだ？」

一ノ瀬の口調はどこまでも穏やかで優しい。「医大の先輩の紹介で、って、ことだけど、この仕事のためにわざわざ養護教諭の勉強までしてくれたんだよね？　医者の仕事と似ているけれど、それは良かったのかい？」

「環境を変えたくて、仕事をやめて、でもふらふらと遊んでいたくはなかったので、……コンビニでアルバイトをしていたら、偶然に先輩が来店して、リタイヤは珍しくはないですし、そこは突っ込まれなかったんですが、後日ここの話を持ってきてくれて、独自のスタイルの私立だし、医師の資格だけで応募はできるが勝手がわからず不安なら、養護教諭の勉強もしてみたらどうだ、勉強するのは得意だろ？　と」

「地方の病院で医師になる、という選択肢もあっただろう？　どこも医師不足だから引く手は数多だろうし」

でも、それは、なし、なんだね。

「面接のときに話しましたが、自分の人生の選択肢に、学校に関わることなどひとつも存在しなかったんです。大学時代に家庭教師のアルバイトはしていましたが、特定の科目の勉強を教えることと、教育は、別物ですし。たぶん、この仕事をしていなければ、今でも学校に関わることの意義など考えもしなかったと思います」

それらこれらをひっくるめて。

「結果的に、きっかけになったんだ？」

「……はい」

『なんで産んだのかと、……思って』

どの母親もひとり残らず命懸けで我が子を産む。世間の認識は追いついていないが、出産は多くの危険を孕(はら)んでいる。安産はただの結果に過ぎないのだ。医療従事者だった三洲は当然それらを承知している。産科勤務でなくとも、不幸な事例を耳目にしたこともあっただろう。それ故に、もし我が子から、なぜ産んだとぶつけられたら深く傷つかない母親はいないことも、知っているはず。

ならばこそ、発せられた言葉を、軽々には返せない。

理由を知りたいのならば両親に訊いてみれば、などとも、言わない。彼ならば、それができるのならばとっくにそうしているだろうから。

だが、そんな衝撃的な告白を、――そのような想いをずっと胸の奥に潜ませていたことを、打ち明けられるようになったんだね。

「ということは三洲先生、僕に話をしてくれたということは、ここにきて、なにか活路をみつけたんだよね？　でなければ、今でも、誰にも話せていないよね？」

「ずっと怖くて、見ないように、目を背けていたことがあります」

開けてはいけない災いの箱のように。

もう何カ月も実家に顔を出さない息子に異変を感じつつ、父も、母も、体調を気遣うメールだけを送ってくれる。心配はしているけれど、心配はしてないよ。矛盾しているが、伝わるよね。でもなにかあったらすぐに、いつでも帰って来なさいよ、と。ちゃんと伝わっている。両親は自分を信じてくれている。

両親の愛はありがたい。だからこそ、向き合えなくなってしまった。

母方の祖母、出木ミヨ。

祖母は果たして、亡き初恋の人を想って、ただそれだけの理由で、彼が生まれ育ち、そして若くして亡くなった場所である九鬼島が望める施設へと、入所したのだろうか。

出産直後の嬰児(えいじ)のやりとり。双方の意思確認のみでカルテはもちろん覚書きすら残されず、双方に金銭の授受もない、医師も仲介料を取らない、裏の世界。

違法行為であれ、育てられないと判断していた産みの親が出産直後に遺棄せずに医師へと託し手放したので、自分は今もこうして生きていられる。

それらを手配したのは祖母のミヨだ。――母は死産だったことを知らない。

居合わせたのは、父だ。

彼らは、なにも知らないかもしれないし、なにかを知っているのかもしれない。

だが深く訊いたことはない。自分が両親と血が繋がっていないことを知っているという事実は、今でも、それを教えてくれた父しか知らない。祖母ですら、知らない。

「自分を欺いたまま、それでも大丈夫だと、ちゃんと生きていけると、思っていたんですが、どうやら、見通しが甘かったです」

無理だった。

本当のことが知りたい。

ただ、それだけのことが、こんなにも、自分のすべてになってしまった。

「三洲先生。それは、この仕事をしながらでも解決できそう？」

一ノ瀬は具体的なことは訊かない。それもまた個々のケースによりけりの〝大事なルール〟のひとつである。「できれば契約通りに三学期になるまで、もしくは二学期の冬休みに入る前まで、なんとか続けてもらいたいんだけれど、難しいようなら、検討するよ？」

「大丈夫です」

三洲はすっと顔を上げた。「ですが夏休みには、緊急の呼び出しがあっても学校には来られないかもしれません」

一カ月半の夏休みのうち、お盆を挟んだ二週間あまりは学校は完全な休みになる。校内での部活動も行われない。夏休みとは名ばかりで授業はないものの（だが補習は毎日行われる）ほぼ通常営業に近いので、先生方にはその二週間のみが〝夏休み〟と呼ばれていた。

――ヤツが命名した〃人間接触嫌悪症〃の重症患者。

安全な世界を求めて閉ざされた環境へと逃げ込む者もいるけれど、閉ざされているからこその逃げ場のない地獄のような世界に、突っ込んでゆく者もいる。

今にして思えば、意地でも泣かない友人は、自ら逆境に斬り込んでゆく勇者であったな。

人々を拒絶していたふたり。表面上は似ていても、本質は真逆のふたり。

千頭良樹が見せてくれたネット動画。

三洲にもし弟がいたのなら、――いや、彼の方が年上なのだが。

懐かしい、乙骨雅彦。

三洲の顔を見ただけで泣いた、まるきり似てなどいなかったはずの彼との出会いも、また、九鬼島である。

「わかりました」

一ノ瀬は大きく頷いて、「健闘を祈りますよ、三洲先生」

と微笑んだ。

「久しぶりに葉山くんのバイオリンを聴いたけれど、高校時代の粗削りな演奏の方が、キレイにまとまっていなかった分、魅力的だったかもしれないね」

託生たちのレッスンを見ていただくだけでなく、城縞のピアノ伴奏譜の譜めくりまで進んで買って出てくださった京古野教授から、育ちの良さがうかがわれる、品の良い、穏やかな口調ながらも容赦のない、素朴なご感想をいただく。

――ああ。懐かしい、この流れ。

世が世なら、どこかの領地のお殿様だったかもしれない、京古野教授こと京古野耀。領地とまではいえない規模だが、伊豆の東海岸にある小島、九鬼島の現在の主であり、ホテルのような石造りの巨大なお屋敷を（伝説の建築家フィリップ・ラングが半世紀以上前に設計施工した元の島主の持ち物を、テクニカルな部分だけでなく趣の深い芸術的価値をもしっかりと残しつつ、現代の暮らしに合うようにリフォームしたものだ）構えているが、海外での演奏活動の多さゆえ、滅多に島へは帰れずにいた。

弾いている託生本人としては、高校時代の演奏から（大学時代に技術は格段に上達したが、卒業後に相当衰えてしまったので、どっこいどっこい、より、やや上？というのが自己評価である）さほど大きく変わったとは思っていないのだが、受ける印象の差は、かれこれ十年ぶりという時間経過もあるであろうが、当時と同じ曲を弾いたとしても、ピアノの伴奏者が京古野から城縞へ替わったことも、多少は影響しているであろう。

「お言葉を返すようですが、京古野教授」

そして託生も、あの頃のようなおとなしい（？）高校生では既にない。傷ついて、しゅんと押し黙ってしまうほどウブでもない。「それは若さ故、です。若さのなせる技ですから、もう取り戻せません」

技術不足と経験不足を勢いや熱意で必死に補おうとしていた、あの頃。未熟だったからこその、足掻き（あが）と根性。

粗削りを誉め言葉として使ってもらえるのも若さの特権であり、粗削りが魅力的だったと言われたところで、研鑽を重ねたあとの今となっては、もう二度と手に入らない。時計の針を巻き戻せないように。

「あとは……体力？」

城縞が続ける。「高校生の頃って、どうしてあんなに元気だったんだろう……」

さすが、在学時には〝京古野教授の一番弟子〟だった（卒業後の現在も、もしかしたらそうなのかもしれない）だけあって、かれこれ十年ほど前『序奏とロンド・カプリチオーソ』のピアノ伴奏を京古野が難無く暗譜で弾いていたように、城縞もほぼ暗譜で弾いていた。京古野が譜めくりを買って出てくれずとも、さほど演奏に影響はなかったのだ。尤も、京古野に譜めくりをしてもらっていた城縞は、たいそう嬉しそうだったが。

「ほら、お聞きになりましたか教授？　現役の城縞くんですら体力の衰えを痛感しているんですよ？　というか、キレイにまとまってはいたんですよね？　とっくの昔に現役から引退しているわりには、けっこう弾けていたと思うんですが」

「いや、葉山くんならもっとできる」

京古野が明るく断言する。

大学時代の自分なら真に受けて、発奮の材料としているだろうが、

「――申し訳ありません、教授、根拠を感じません」

託生が正直に返すと、榊がぷぷっと噴き出した。

「あ。失礼」

そして、神妙な表情を作る。

グランドピアノが二台平行に並べられ、小ぶりだがソファセットもあり、事務机が

ふたつ、組み立て式ではない木製の立派な譜面台と、たくさんの観葉植物、その他もろもろ、それらが比較的ゆったりと配置されている、京古野教授の教授室はかなり広い一室であった。

壁一面に作り付けられた大きな書棚をびっしりと埋め尽くしている大量の楽譜が、相変わらず壮観である。

「城縞くんのピアノ、悪くないよ」

京古野が所感を続ける。「私には特に気になるところはなかったが、城縞くんには、あるのかな？」

「いいえ。既に何回か葉山くんと合わせているので、徐々に当時の勘が取り戻せてきているのかなと、自分でも手応えを感じています。それから――」

城縞はそこで一度、言葉を切ると、「楽しいです」

と笑った。

ヤスヒロ、その演奏はキミらしくないね。

――は？　自分らしい演奏ってなんだ？

オカシナ捻(ひね)りは不要だよ。オーディエンス（聴衆）が望んでいるのはそういうことじゃない。キミは、キミらしい演奏を、ね。

——だから、らしい演奏って、なんなんだよ。

……笑った！

託生は密かに感動する。

大学時代ですら滅多に拝めなかった城縞の笑顔、貴重である！

自身のソロリサイタルのポスターでさえ、にこりとも笑わない写真が使われていた。

カメラの前で笑えないし、そもそも滅多に笑わない。

おかげで、大学時代からのクールな印象は現在進行形で続いており、孤高の王子様のイメージも、そのままである。

「大学時代も城縞くんは、ぼくの癖のある演奏にうまく合わせてくれていたけど、——自分で言うのもナンですが、ぼくに合わせるのって、やり難くないかい？」

大学時代は指導教授である京古野からの（絶対的な）指示で。

今回は城縞からのたっての頼みだが、それはそれとして。

伴奏者なしでは実技の試験が受けられない。少しでも自分の演奏が映えるピアノ伴奏者を、学生たちは目を血眼にしてさがしまくる。だがせっかく成立してもケンカ別れしてしまうことが多々あった。それはソリストと伴奏者の双方に譲れないなにかがあるからで、常にピアノ科のトップに君臨していた城縞はそもそも伴奏を頼めるような対象ではなく、にもかかわらず、続けてくれた。揉めなかった。解釈がぶつかることはもちろんあったが、ケンカに発展したことはない。

そうして無事に、卒業まで組ませてもらったのだ。

託生としては、大学時代に随分と世話になった城縞への恩返しと、自分の伴奏でどうしても葉山くんにバイオリンを弾いてもらいたいと懇願した城縞の切迫した徒事でない様子の、託生にすら感じ取れた彼が纏っていた閉塞感とに、己のブランクとふたりの圧倒的な実力の差等々の無茶を承知で、引き受けることにしたのだが。

いざ組んでみて、こんなはずでは、と、いつ言い出されるかと、密かにコンビ解消の心の準備までしていた。

「葉山くんだからやり難いと感じたことは一度もないよ。組み始めたばかりの頃は、さすがに戸惑いがあったけど、途中からは楽しかったよ。葉山くん、すぐに無茶するから。しかも想定外の方向に。とっちらからないよう、どうまとめるか、どう着地させるか、毎度毎度脳みそをフル回転で弾いてたよ」

「……え。え？」

脳みそをフル回転？　ぼ、ぼくは天才にそこまで苦労させていたのか。「そんなにひどかったのか。ごめんっ！」

「それが楽しかったんだ」

自分のピアノでは出さない音、――出せない音、淘汰され、却下される、そういう音も、託生のバイオリンを補完するためになら、出しても許される。

誰にも、――自分にも、咎められたりはしない。

想像もしていなかった新しい扉が、ぽっと開く。

無価値だったものに価値が生まれる。

発見や、驚き、そして感動。

楽しい。――とても楽しかった。

「葉山くんのバイオリン、個性があまりに尖っていて、暴れ馬とかじゃじゃ馬とか言われ放題だったもんなあ」

便乗して榊がからかう。

「ちゃんとしてたつもりなんですけど。ぼくとしては、井上教授の指導のもと、端正な城縞くんのピアノほどではなくとも、落ち着いた、魅力的な演奏になるよう、あれでも一所懸命精進していたんですが。なのになぜか、言われてました……」

思い出すと少し悔しい。

洗練された楚々とした演奏を、できるならば一度くらい、披露してみたかった。

「なぜか、ときたか」

また榊が笑う。「面白いよなあ、楽器弾きは。自分で出してる音なんざ自分にも聴こえているだろうに、なのにわからないときてる」

演奏家でも音楽家でもなく、楽器弾き、と呼ぶ榊。

それは真理だ。

音は確かに聴こえている。でも、なにかが聴こえていない。わからないのだ。

自分を完全には突き放せない。どんなに遠く突き放しても、遠く遠く突き放したとしても、クモの糸の細さであろうとそれは自分に繋がっている。

赤の他人にはなれない。

他人を客観的に見るようには、自分のことは見られない。

「つまり、ふたりともゆとりがあるということだね？」

京古野が口を開いた。

託生は反射的に身構える。

「いえ。いっぱいいいっぱいで——」

「これなんだけれどね」

いそいそと京古野がバインダーから譜面を取り出した。「本番までにまだ一ヵ月以上はあるし、せっかく城縞くんがピアノを弾くのに伴奏だけでは勿体ないし、葉山くんも、今のままではこなれた感が優先して面白くないから、はい」

新たな譜面。しかも手書き。

託生の不吉な予感は的中した。

「きょ、教授、いっぱいいっぱいなのは本当です。こなれてないです。勘弁してください」

「へえ、アレンジが変わってる」

城縞は楽譜をぺらぺらと最後まで捲って、「葉山くん、これ、面白いよ。きみも見てみて」

と、音符が書かれた面を託生へと向けた。

「……城縞くんには楽勝でも、ぼくに、なんてリスキーなことをさせるんですか。今からアレンジ変えたものを演奏させるとか、現役時代ならともかく」

腰が引けつつ楽譜を捲って、「――あれ？」

託生はぽかんと京古野を見る。

「どうかな？　葉山くん、やれそう？」

「主旋、そんなに変わってないんですね。というか、……減ってる」

「バイオリンとピアノの掛け合いにしてみたよ。——どうかな？」

「ピアノパートが、かなり厚くなってて ま……」

と、いきなり城縞が無言で弾き始める。

託生も慌てて譜面台に楽譜をセッティングすると、バイオリンを肩に構えた。

すかさず榊が、それまで京古野がいた城縞の左隣、譜めくりの位置につく。

榊は音楽はからきし不得手だが音符は追えた。譜めくりをしていて、楽譜が読めてもどこを演奏しているのか見失ってしまうことはたまにあるのに、読譜は得意でなくとも、榊は今どこのあたりを演奏しているのかを追う能力が高い。

マネージメントスタッフというだけあって（？）、とにかくべらぼうに数字（記号）に強いのだ。管理に必須の〝表〟にも強い。楽譜は表に似ているそうだ。図形っぽいのでむしろわかりやすいともいう。

初見なのに、ほぼノーミスで弾ききった城縞。……さすがに託生にはそこまでの芸当はできない。が、

「……すごい、です、京古野教授」

託生は感嘆した。

もうそれは、バイオリンとピアノ伴奏の『序奏とロンド・カプリチオーソ』ではなかった。バイオリンとピアノが対等の、新生『序奏とロンド・カプリチオーソ』であった。

「かっこいい……！」

溜め息交じりに城縞がこぼす。

託生は頷く。

そう、とても、恰好良い。

「普通に伴奏を弾いていても、葉山くんとは自然とセッションをしているようになるけれど、これは、本当のセッションだね。わくわくするよ」

城縞が続ける。興奮気味に。

「……セッション」

確かに。対等なこの感じ、城縞との初めての、対等なぶつかりあい。

大学二年生のときにニューヨークへ特別留学した際に組むことになった、サツキ・アマノとの演奏が結果的にそれであった。伴奏なのに一切を譲らない強情なサツキと、主役なので絶対に譲ってはいけない必死な託生との、真剣勝負の演奏。

ずば抜けたサツキの才能に呑み込まれ、バイオリン人生最大の危機と逃げ出しそうになったが、——乗り越えたおかげで、見ることのかなった特別な景色があった。

あのときのとてつもない昂揚感と、似た感じ。

託生もまだ少し呼吸が上がっていた。城縞のピアノの圧が、伴奏では感じたことのないほどの生き生きとした強くて色味の濃い圧が、なんとも心地好かった。

恰好良いし、楽しい！

これを人前で弾けると思うと、それも、これからの世代である中学生や高校生に向けて。

うまく弾けるか自信がないとか、恥ずかしくない演奏に仕上げられるだろうかとか、そういう後ろ向きな要素が入り込む余地など、この編曲にはない。

イレギュラーが過ぎていて、

「さすがにコンクールでは、このアレンジは弾かせられないけれどね」

京古野が笑う。——確信的に。

これはしてはいけない、あれはしてはいけない。

クラシック音楽に於いての否定は、だが、悪いことではない。

限られた枠の中でどう深く表現するか。

数百年単位で軽々と生き残っている珠玉の音楽たち。そのほとんどが既に故人である作曲家の意図を汲みつつ、よりよき演奏方法を求め、後世のおびただしい数の才能ある人々によって長い長い年月をかけ、探究され洗練され続けた結晶でもあるのだ。

たとえセオリー通りに弾けたとしても、皆が皆、同じ演奏にはならないところに、クラシック音楽の一筋縄ではいかない深さもあるが、とはいえ、結果として生じる共通言語ともいえる暗黙の了解の押し付けや解釈の固定化、そして観客側にも不文律と共通言語が存在する。

なにかと拘束の多いクラシック音楽だけれども、枠からはみ出た途端に下品と非難されたり異端と弾かれがちなこの世界だけれども。

それを身につけてゆくために日々の研鑽を重ねている少年少女に、決して安易な逃げ場にしてもらいたくはないが、それらを突き抜けた先にも音楽には横に広がる楽しさが、突き抜けずとも実は常に傍らを併走している楽しさがあることを、気持ちの片隅にでも置いておいてもらいたい。

新生『序奏とロンド・カプリチオーソ』。

これをしてもいい、あれもしてもいい。

ぎりぎりの、約束ごとは守った上で、攻めていく。

これならば今までにはない〝新しいなにか〟が伝えられそうな気がした。

中高生を対象にしたサマーキャンプという場ならではの、成長を目指し音楽で切磋(せっさ)琢磨(たくま)するあの場に相応(ふさわ)しい、なにかを。

このアレンジならば、演奏を通して、託生にも。

なんとか良い演奏をしようとしたところで、参加している他のバイオリニストは井上佐智を筆頭に超一流揃いなのだ。聴衆のお目当てが城縞のピアノで、城縞のピアノが聴けさえすればそれでいいとしても、託生のバイオリンはレベルとして、あまりにも場にそぐわない。

この編曲は、――直感した。

おそらく城縞も気づいている。

これは城縞と託生にしか弾きこなせない。――サツキと託生に託されたあの曲と同じだ。

なんと不思議な巡り合わせか。今、再び、託生は奇跡のような楽譜とパートナーを、この手にしている。

「……こんなにすごい編曲を、いったいどなたが？」

城縞が訊く。

「これ、井上教授が書かれた楽譜ですよね？」

託生の指摘に、

「さすがだね、葉山くん。わかってしまったか」

「井上教授の手書きは、見慣れているので」

市販の教則本以外に門下生への個別の練習曲を井上教授はレッスンしながら手書きする。さらさらと五線紙を埋め、ではこれを弾いてみて、と渡される。——一生ものの宝である。

城縞は譜面に目を落とし、

「……でしたらピアノパートも、井上教授のアレンジですか？」

と続けて訊いた。

「ピアノのアレンジは私だよ。たたき台としてのピアノパート譜を井上くんに渡して、それにバイオリンパートを足してもらい、全体の過不足を調整しここまでの完成度の楽譜を仕上げてくれたのが井上くんだ」

「……なるほど」

城縞が頷く。

そうか、わかった。

託生は静かに感動した。

これは京古野教授が城縞のために企画した新生『序奏とロンド・カプリチオーソ』なのだ。

たたき台などと、謙遜が過ぎる。

なにを弾いても楽しかった大学時代、当時を再現してあげたくて、託生に声をかけるようにすすめただけでなく、京古野教授は愛弟子（まなでし）だった城縞のために、――今も成長を見守っている才能溢れる若きピアニストのために、彼が初めて陥ったスランプから抜け出せるきっかけとなるよう、このとんでもないピアノアレンジを仕上げたのだ。

サツキのために指導教授が手掛けた、サツキのピアニストとしての道を取り戻す大きなきっかけとなった、あの曲のように。

この短い期間で。

多忙な仕事の合間を縫って。

それは、井上教授も同じことだ。

託生はスランプではないし、――ないが、このアレンジならば、託生は城縞と肩を並べることができる。そういうふうに、音（パーツ）が組まれている。

最強の協力態勢。

ああもう、本当に、なんてとんでもない人たちだ。楽器演奏だけでなく、アレンジャーとしても、なにより、指導教授として、どうしてこんなに超一流なんだろうか。ぼくたちは、なんて恵まれた元門下生だろうか。

「ということで。――どうする？　こっちに乗り換えてみる？」

京古野の問いに、

「「はい！　乗り換えます！」」

託生と城縞は同時に答えた。

「ほおぉ、なんとも気持ちの良い返事ですねえ。ところで城縞くん、譜めくりの手配はどうします？」

榊の問いに、

「いなくて大丈夫です」

城縞が即答する。「葉山くんだって、今からこれを弾き込んで仕上げてゆくんですよね。葉山くんが暗譜で弾くのなら、自分も暗譜で演奏します。条件はまったく同じなので」

そう、もう城縞は伴奏ではない、これはセッションなのだから。

そうだ、これからは対等なのだ。

託生は少し、緊張してきた。——それまでとは別の意味で。

「わくわくしてきたね、葉山くん」

と意気込む城縞に、

「城縞くんのピアノに見劣りしないよう、ぼくもバイオリン頑張るからね」

楽しみだけど、恐くもある。

「負けないぞ、葉山くん」

冗談口調で煽ってくる天才（城縞）と、

「いや、負けてくれていいよ、城縞くん」

うっかり腰が引けてしまう託生。

「ふうぅむ、やっぱりふたりは仲良しなんだなあ」

やりとりに榊が笑った。「こんなに楽しそうにしている城縞くんを、久しぶりに見たよ」

これから帰ります　夕飯どうしますか　なにか買うものありますか

の、質問へ、
牛乳
という返事。

「牛乳だけ？」

しばらく待ったが、そのあとが続かないところを見ると本当に牛乳だけで良いらしい。「総菜を買ってこいって言われないってことは、も、もしかしてアラタさん、今夜はなにか作ってくれたってことかな」

気分次第でたまに料理をしてくれる三洲。

やった！　今夜はアラタさんの手料理だ（多分）！

手先が器用で（お医者さんだから当たり前なのか？）味の好みも似ているので、なにを作ってもらっても美味しい。

俄然帰宅が楽しみになり、真行寺は速攻帰り支度をして駅へ向かう。下車した駅からアパートに向かう途中のコンビニで牛乳を一本、忘れずに買って。

真行寺も三洲も大学時代に自動車の運転免許を取得していた。だがふたりとも現在マイカーは持っていない。クルマの購入費用がそもそもの高いハードルで、ガソリン等の維持費も馬鹿にならないし、アパートに専用の駐車場がないことも理由のひとつだが、都会の移動は電車が断然便利であり、もしくはタクシーが二十四時間そこいらじゅうを走っているからだ。

大学時代から移動はずっと電車で、使い勝手もわかっているし、なにより真行寺の電車での楽しみは人間観察であった。さまざまな人々をそっと観ていられる。楽しいだけでなく勉強にもなる。

売れてきたらマネージャーとかがクルマで送り迎えしてくれるのが定番だそうだが、防犯を考慮して莉央は必ず送迎されるべきと思うが、真行寺には不要であった。

そこそこ知名度が上がってきて、顔も知られるようになってきているはずなのだが、これが存外気づかれない。

長身でスタイルの良い一般人男性などいくらでもいる。そのうちの、ひとりである。

服装にさほど頓着(とんちゃく)がなく、なんとなくしまりがなくてほやんと気が抜けているのが基本形なので、イケメンのなりそこないと人の目には映るのかもしれないし、――無意識にそう演じているのかもしれないが、ともあれ、強く人の目を惹くことはない。

「ただいまっすー」

元気に帰宅すると、やや広めのワンルーム、ほどほどに冷房の利いた室内の壁際のベッドに寝転がり、三洲がタブレットに見入っていた。――真行寺の、ベッドである。

冷房の設定温度はほどほどでも、暑い外から戻った真行寺には充分に涼しい。

二口ガスコンロのひとつには鍋が。

匂いからして真行寺の大好物のカレーだ。

ひとり暮らし用のちいさなサイズの炊飯器が、そろそろ炊き上がりますよのカウントダウンを始めていた。

真行寺は牛乳を背の低いツードアタイプの冷蔵庫へ手早くしまい、今日は汗だくというほどではないがシャツだけは脱ぎ、洗濯したての半袖のTシャツに着替えると、三洲の隣に寝転んで、タブレットを覗き込む。

「アラタさん、なんすか、それ？」

「んー……？」

三洲は曖昧に返して、「おかえり、真行寺」

と、言う。

挨拶の時差は気にせずに、

「カレー、作ってくれて嬉しいっす」

と、真行寺。

帰宅したばかりは（一日の労働を済ませ、お互いに疲れているからか）会話が嚙み合わないことが多いので、気にしない。

どうせ徐々に嚙み合ってくる。

「圧力鍋のおかげであっという間にできるからな、買って正解だったな」

三洲はタブレットの画面を指先で操作して、「これ、誰だかわかるか？」

と、真行寺へ見せた。

ネットの配信動画、アカウントには『HiKo//MAPP』とある。

「ヒコ？　ダブルスラッシュ、エムエーピーピー？　か、マップ？　って、読むんすかね？」

「マッピーって呼ばれてたから〝マップ〟が正解なんじゃないか？」

「……マッピーって呼ばれてた？　……マッピー？」

聞き覚えがあるような……？　誰だっけ？

と、顔に書き、

「えっ!?　も、もしかして、もしかすると、あの人っすか？」

真行寺は画面に食い入る。

プロフィールが英語で、残念ながら真行寺には正確なところはわからないのだが。

「あの人、とは？」

三洲の問いに、三洲の顔を遠慮がちに見てから、

「むかしむかし九鬼島でアラタさんが泣かせた――ってて！　痛いっす、アラタさんっ！」

ぎゅっと二の腕をつねられて、「暴力反対っ」

真行寺は、だが三洲の手を振りほどかない。冗談で暴力反対などと言ってはみたが加減されているのは百も承知だ。そんなことより、貴重な三洲からのスキンシップは、どんなものでもいつでもどこでも大歓迎なのだ。

「正解だよ」

三洲はベッドから起き上がり、寝転んだままの真行寺をまたいで、キッチンへ向かう。

――九鬼島！

そうだ、九鬼島！

「……あのう、アラタさん」

九鬼島でのサマーキャンプ、どうやったら三洲に参加してもらえるだろうか。

社長から無事にオーケーをもらえたが、三洲が一緒に行けないのなら、真行寺には行く意味がなくなる。

三洲はガスコンロに火を点けて、鍋の蓋を外す。途端に部屋中にカレーのエスニックな匂いがたちこめた。

「なあ真行寺、どう思う?」

焦げないよう、先端が斜めにカットされている柄の長いシリコン製のヘラを鍋の底に当ててカレーをかきまぜながら、三洲が訊く。

「良い匂いっす! 匂いだけでもう旨そうっす」

「——不正解」

「え。カレーのことじゃないんすか? てか、漠然とし過ぎてて、なにをどう答えたらいいかわかんないっす」

「その動画、どう思う?」

「あ。これっすか? えー、ちょっとお待ちください」

真行寺は見やすいようにタブレットを持ち直し、動画をスタートさせた。「え!? てか再生回数すごっ! コメント欄、英語とか外国語ばっかりだ、すごっ!」

三洲の記憶の中の彼は、——かれこれ十年ほど前の記憶だが、頼りなくて儚(はかな)くて、およそ社会でひとりでは生きていけない脆弱(ぜいじゃく)な印象だったが、今やそこには別人のように生き生きとフルートを演奏する姿があった。

その当時ですらフルートを吹いているときだけは別人のようだったのだが、ネットの中の彼は演奏を終えても生き生きと、異国の言葉を話している。決して饒舌になったわけではないのだが、会話はたどたどしくとも生き生きとした表情はそのままで、終始、動画は楽しげな笑みで溢れていた。

当時はこれっぽっちも似ていなかった。少なくとも、誰からも「似ている」などと言われなかった。三洲が十代半ばの頃の話である。

二十代も終わりかけている今、不思議なことにネットには、三洲とよく似た顔立ちの三十代前半の青年が映し出されていた。――二十代前半にしか見えないが。乙骨雅彦。出会いは九鬼島。――当時、彼は九鬼島に住んでいた。現在は『HiKo//MAPP』という名で、日本を遠く離れ、もう何年もヨーロッパをメインに音楽活動をしているそうだ。

彼の隣には、ネットのチャンネルも管理しているという金髪碧眼の穏やかな風情の年上（に見えるが、おそらく同い年くらいであろう）のパトロン（支援者）が映っていた。――パトロンが必要な状況なのだろうか。父親から莫大な遺産を受け継ぐことなく、金銭面で困窮するような展開になってしまったのだろうか――カメラに向けて熱心にしゃべり続けている乙骨雅彦が単語に詰まると、さりげなく紳士が耳打ちする。

たいそう優雅な仕草で。

「今年もお盆には九鬼島へご挨拶に伺いたいわ。あっくん、付き添ってくれる？」

恒例の、祖母からの頼み。

この数カ月、両親とはメールのみだが、祖母とはたまに電話で話していた。

登校する必要のないお盆を挟んだ二週間の夏休み。

三洲が高校三年生の夏以降、毎年、年に何回か祖母の付き添いで訪れている九鬼島には、若き日の祖母の亡き恋人の、墓のかわりの地蔵が祀られていた。島の主の厚意により、いつでも好きなときに参らせてもらっていた。

多忙な主は不在がちで、実際に島を切り盛りしている辣腕ハウス・スチュワードの陣内公司の前職は、かの乙骨財閥の社長秘書だ。

高校の二学年下の後輩である乙骨寄彦、寄彦の年上の従兄弟の乙骨雅彦。父親同士が兄弟なのに寄彦と雅彦はまるで似たところのない従兄弟だったが、現在はもしかしたら、もっと似ていないのかもしれない。

そうだ、思い出した。

ふたりが似ていないと、本人に向かって言ったんだっけ。

「従兄弟なのに、乙骨とあまり似てないいな」

と。

その後で、泣かれた。

DNA検査などしなくても年月が明らかにしてゆくものがある。似ていなかった親子が年を取ったらそっくりになったとか、そういう繋がり。

もちろん、夫婦など共に暮らしているうちに赤の他人がそっくりになってくる、ということもある。ただの偶然、他人の空似ということもある。似ていることのすべての原因が遺伝子によるものだと思っているわけではないのだが。

もうひとつ。

そのときは、まったく気に留めていなかったが、ずっと以前に、陣内に、他意なく言われたことがある。

「三洲さんは、おばあさまのミヨさんに雰囲気が似ていますけど、ふとしたときに何故か雅彦さんと印象が重なるんですよ。おかしいですよね、むしろ正反対のタイプですのに」

後にも先にも一度きり。おそらく大学生の頃だ。

あのとき、居合わせていた祖母は、どんな表情(かお)をしていたのだろうか。

たびたび島を訪れていたものの、人間嫌いの雅彦は屋敷にいても三洲たちの前へ現れることはなかったし、――葉山か崎あたりが一緒だったなら、もしかしたら挨拶に顔を出してくれたのかもしれないが、三洲は個人的に雅彦と親しくなっていなかったし、三洲からも、わざわざ挨拶しようとは思わなかった。

なのでいつ、彼が島を発ち、ヨーロッパへ渡ったのか、三洲は知らない。

主の京古野にも、三洲はこの間、会えたことがない。

どうして泣かれたのか。――果たして雅彦に、明確な理由はあったのだろうか。

「真行寺、崎たちとこの夏に、なにを企んでるんだ？」

ふつふつと沸騰を始めたカレーの、火を止める。

「――はいっ!?」

真行寺の声がひっくり返る。

「そんなに驚くことはないだろう？」

三洲は笑ってしまった。「このところ、しょっちゅうこそこそと、崎やら葉山やらと連絡を取っているだろ？」

隠しごとをするのにはワンルームは狭すぎる。

「な、や、気づいて、な、いや、……すんません」

「謝ることじゃないだろ。――なにを企んでいるんだよ。それに、答えろ」

三洲は現状を、詳しいことを誰にも伝えていなかった。三洲が退職を機に真行寺の部屋へ転がり込み、そのまま居着いてしまったことを、かろうじて葉山が（真行寺が教えたので）知っているくらいだ。

葉山が知っているということは、漏れなく、崎義一も知っている。

高校時代、三洲にＤＮＡのサンプルを採らせてくれないかと申し出た、崎義一。高校生は普通、友人にそんな申し出はしない。

含みはなかった。ビッグデータのサンプルのためにだ。

だが、――三洲は今頃、ひやりとした。

三洲よりも遥かにそういう世界に近しい崎が、そして雅彦とも懇意な崎が、どうしてなにも言ってこないのだ？

三洲は今日、『HiKo//MAPP』の存在を知ったが、崎義一は違うだろう。

陣内ですら大学時代に指摘したのだ、ふとしたときに何故か三洲と雅彦の印象が重なると。

世界が、また、角度を変えた。

自分には、見えてなかった。そこに既にあったのに。

「や、あのっ、俺としては、溌剌とした元のアラタさんに戻ってもらいたくて、それで、なんかこう、きっかけがあればこう、どうにかこう、それで、お盆に、ミヨさんが九鬼島に行くのにアラタさんが付き添うかもだから、ちょうど今年は、九鬼島で葉山サンたちが、クラシックのサマーキャンプをするって聞いて、で、ボランティアで、参加したら、なんか、……高校の頃の、生徒会長してた頃の、イベントを仕切ってた、溌剌としたアラタさんが、こう、戻ってくるのかなあ？　って思って、で、だから」

「――説明、下手か」

三洲が噴き出す。「溌剌って、それ、真行寺の専売特許じゃないか。真行寺を越える溌剌くんは、そうそうみつからないぞ」

三洲を溌剌と表現するのは、世界広しといえど真行寺ひとりきりであろう。惚れた欲目というやつか？

真行寺はベッドにタブレットを置いて、まっすぐに三洲を見ると、

「アラタさんっ！　サマーキャンプのボランティアを、俺と一緒に、してくださいっ」

正座して、頭を下げた。

「いいよ」

目の前にあるのは〝災いの箱〟かもしれない。「わかった。真行寺と一緒に、サマーキャンプのボランティアに参加するよ」

「……え。…………ええええええ⁉」

真行寺は素早くベッドから下りて、がしがし三洲に近づくと、「い、いいんすか？」

真剣な表情で訊く。

「ああ。いいよ」

「ま、……まじっすか？」

「しつこいな。あんまり疑うと撤回するぞ」

「しっ、しちゃダメっす！　撤回反対！　断固反対！」

三洲は騒ぐ真行寺の腕を引くと、すっと抱きしめた。

途端に、真行寺が腕の中でおとなしくなる。

「……真行寺、動画を見た感想は？」

真行寺もゆっくりと三洲の背中へ腕を回し、

「フルート、めちゃくちゃ、うまかったっす」

優しくぎゅっと抱きしめた。

三洲の髪からうっすらと消毒薬の匂いがした。いつからか、真行寺には三洲の匂いはこの水っぽい消毒薬の匂いである。嗅（か）ぐだけで、なんだか自分が清潔になった錯覚に陥る。ただの錯覚だし、三洲へ抱くこの想いはまったく清潔なものではないけれど。

三洲の全部が欲しくてたまらない。――ちっとも清潔なんかではない。

「他には?」

「フルートの色が、前と違ってたっすかね」

「色?」

「前のは銀色でしたけど、ネットのはピンクゴールドだったような……?」

「他には?」

「しゃべってたの、フランス語っすよね? 俺、英語すらぜんぜんなんで、すごいなって」

「他には?」

「んー、すっげ、楽しそうでした」

「そうか。他には?」

「隣にいた人、あのイケメンの外国の人、誰なのかなあって」

「他には?」

「って、いったいなにを言わそうとしてんすか、アラタさん? 俺、わかんないっす」

「似てただろ? 俺と」

「……アラタさんの方が、好みです」

「そんなことは訊いてない」

「や、だって、俺、アラタさんしかキラキラして見えないし。マッピーさん、別にキラキラしてないし」

「しか？　だと。嘘をつけ。崎のことはキラキラして見えているだろ」

「やっ、やだなあアラタさん、そんなこと、ないっす、よ」

「わかった。訊く相手を間違えた」

三洲はぽんと真行寺を離すと、「まったく、真行寺には呆れるよ」

「呆れるってなんすかそれ、なんすか、ちょ、そっちからぶつかってきておいて痛いって文句つけられたみたいな？　ひどくないすか、それ」

「はいはい、うるさい真行寺。それより皿、ご飯炊けたから、ふたつよそって」

「また、そーやってはぐらかす」

ぶつぶつとこぼしつつも切り換えが早くて引きずらない真行寺は、さくさくした動きで食器棚から皿を出し、炊飯器のご飯をよそう。「アラタさん、どれくらい食べます？」

「普通」

「了解っすー」

たとえ災いの箱だとしても。

「おいっ！　それ、大盛り。普通って言っただろ」

「ええー、これ、普通っすよ」

「その三分の二でいい」

「……わかりました。っす。——えい」

しゃもじでご飯を炊飯器へ戻した真行寺の、逞しい屈託のなさに、

「真行寺と一緒なら、ボランティアも楽しそうだな」

三洲も屈託なく笑えた。

あまり遅くなるようなら迎えに行こうかと思っていた矢先、託生から連絡が入った。

終わりました　帰ります

大学からこの家まで徒歩でもそんなに時間はかからないのだが、

ビール買いたいから　コンビニで

と送ると、

ではコンビニで

と、即レスが届く。

ちゃんと意味が通じていて、ギイは嬉しくなる。

コンビニで落ち合おう。そこから一緒に、家へ帰ろう。

ざっと戸締まりをして外へ出る。

むありと湿気の多い日本の夏の夜が、ギイは好きだ。からっとしている気候も好きだが、どこからか蚊取り線香の匂いが漂ってきそうな、これぞ日本、という風情が好きだ。

もし託生が別の国に生まれていたら、きっとその国のこともこんなふうに好きになる。特別な、好き。

と、ケータイが震える。ポケットから取り出して、

「――うっそ」

ギイは驚いた。「マジか。これだから電話番号は変えられないなあ」

通話アイコンに触れる前に、どの声のトーンで出るのが正解だろうかと考える。受けを狙うのもいいが、ここはやはり、慎重に、か？

「……もしもし？」

言うと。

一瞬の間、そして、

「生きてたか」

が、向こうの第一声。

「生きてるよ」

ギイは思わず笑ってしまった。「ひどいな三洲、いくら疎遠にしてるからって、簡単に亡き者にしないでくれよ」

軽口に、

「崎の生死の話じゃない。この電話番号の話だ」

例によって不機嫌に返される。

「あ、……なるほど。そっちでしたか」

崎義一には（真行寺に対するのとはまったく別の感情で）これっぽっちも愛嬌を振り撒かない相変わらずの三洲に、ギイは少し、ホッとする。

「崎に訊きたいことがある」

久方ぶりの同級生同士の会話、なのだが、まずは場を和ませるための定番である時候の挨拶やら近況報告やらをすっ飛ばして、三洲はいきなり本題に入った。

人当たりの柔らかさと思いやりのある采配とで、人情に厚い生徒会長と皆から慕われていたが、その実、大変に合理的な思考をする三洲新。――そういうところも変わっていない。もし託生が相手なら、サービスで時候の挨拶くらいはしたかもしれないが。

不評を買いそうな相手には面倒くさい手順でもきちんと踏む。すっ飛ばしてかまわない相手ならば遠慮なくすっ飛ばす。本来の合理主義を包み隠さず発揮する対象を、ちゃんと選んでいるところも、変わりない。

なにせギイは気にしない、いきなり本題に入られても。わかっているから、三洲は余計な話題を振らない。

「――オレに？」

三洲がギイに質問とは、これまた珍しい。「なんなりと、お訊きください」

「真行寺にサマーキャンプのボランティアに誘われたが、あれは崎の入れ知恵だろ」

おお真行寺、ついに三洲を誘えたのか。良かった。

「半分はね」

で、答えはどっちだ？　参加する？　しない？

「俺がボランティアで参加することを、島の主の京古野さんはどう思っているんだ？

祖母とのいつもの墓参りはほんの数時間の訪問だが、宿泊しながら二週間近くも滞在するなんて、本音では歓迎されてないんじゃないか？」

「……はい？」

いきなり京古野の名前が出たことに意表を衝かれたが、それよりなにより、本音では歓迎されてないってなんだ？　どこからそんな発想が？

さておき、ずばずばと切り込んだ質問を三洲が繰り出してくるということは——。

オーケーということだよな？　前向きに検討しているから、ならではの、矢継ぎ早の質問という名の確認だよな。

やったじゃないか、真行寺！

「乙骨の従兄弟は、今は島にはいないんだろ？」

ギイの答えを待たずに三洲が質問を重ねる。

「雅彦さんのことか？　ああ、何年も前に島を出たよ」

「サマーキャンプには、雅彦さんは戻って——、フルートで、参加するのか？」

「確定したメンバーに雅彦さんの名前はなかったが、どうかな、しょっちゅう変わっているようだから、最新情報は託生でないとわからないな」

「京古野さんは、もちろん、いらっしゃるんだよな」

「そりゃあ島の主だし主催者側のひとりだし、いらっしゃるにはいらっしゃるだろうが、ただ京古野さんは多忙だからな、全日程べったりかは」

「そうか……」

バスルームからずっと聞こえていたシャワーの音が止まる。いつもは延々とシャワーを浴びているのに、今夜は短いな真行寺。

ギイに電話していることを真行寺には知られたくなくて、

「……ああ駄目だ。話し始めたら、訊きたいことが山のように溢れてくる」

短くまとめてさっさと電話を終えるつもりでいたのに、いざ話し始めたならば、訊きたいことや知りたいことが、次から次へと涌いて出てくる。「悪い、崎、とても電話で短く済ますのは無理だ」

「なら日を改めて、会って話すか？」

「ああ」

こういうときは察しの良いギイに、癪だが、助かる。

「オレ、なにか準備しておくことある？」

「崎が知っていることを全部話してもらいたい。乙骨雅彦やその家族について」

「もしかして、雅彦さんの遺産相続がその後どうなった、とかか？」

「そう、ひっくるめて、教えて欲しい」

「わかった、情報のアップデートをしておくよ」

——そうか。「なあ三洲、こういうのはブーメランだから、そっちにとっても立ち入った話になるかもしれないが、それは、いいのか？」

「いいよ」

即答した三洲は、……一呼吸おいて、「高校時代に崎とＤＮＡサンプルの話をしただろ。今にして思えば、あれは予兆めいていたよ」

「そうなのか？」

「あのときに、崎からの申し出を、断って良かったとも思うし、断らずに引き受ければ良かったとも思う」

「……そうか」

「もしかしたら崎も、俺に話したいことがあったんじゃないのか？」

この十年余りを振り返って、最も不気味なのはギイがなにも言ってこなかったことだ。そして今も、あの感想を口にしない、ということだ。

「いきなり三洲の口から京古野さんや雅彦さんの名前が出て、驚いてる」

——従兄弟なのに、乙骨とあまり似てないな。

その一言が、彼のなにを刺激したのか。

「崎、俺は、雅彦さんにどうして泣かれたのか、その謎を解きたい」

理由を知りたい、ではなくて、謎を解きたい、か。

そうか、三洲。

「だがなあ、んー、雅彦さんのことだから、もう覚えてないかもしれないけどなあ」

「かまわないよ。比喩だし」

「比喩か。——真行寺と同棲してるんだって？」

洗面所からドライヤーの音。——あと五分くらいは話していても大丈夫かな。

「さすがにワンルームは狭いよな」

三洲は弾けるように笑って、「狭いけど、慣れてきたら、これはこれでいいよ」

あ、スルーだ。

同棲、の部分を否定しない三洲に、他人事ながらギイはにやける。

ふざけるな。ただの同居だ。と、以前なら、きっちり訂正されていただろうな。——道理でいつも嬉しそうなわけだ真行寺。

真行寺によれば、現在の真行寺の部屋は祠堂の寮より（かろうじて）広いらしい。前に住んでいた部屋ではさすがにふたりで住むのは厳しかったと。たまたま数年前に引っ越ししていて良かったと。高校の頃はどんなに望んでも同室にはなれなかったから、思わぬ形で望みが叶って嬉しいとかなんとか。

「三洲、前に住んでたのって寮？」

病院の場合は職員寮と呼ばれるんだったかな。

「のような、家具付きの団体契約のアパートだよ」

「住人は全員、若い独身の医者？」

「そう、それ」

「自前の家具がないとしても、それなりに荷物はあっただろ。真行寺の部屋に入りきらない分は、実家へ送ったのか？」

「この近くでトランクルームを借りたよ。便利だよな」

「トランクルーム？　あ、コンテナか。貴重品はアウトだが、当面荷物を突っ込んでおくには気楽でいいよな」

「崎は葉山と一軒家、なんだって？」

「いいぞ、一軒家。三洲たちは引っ越さないのか、ふたりでも快適な広さの部屋に」

「まだいいかな」

——まだ。ね。

うんうん。

「真行寺は浮かれっぱなしだろ？」

ふたりの関係が落ち着いたのか。それとも、三洲自身の、なにかが変わったのか？

「窮屈だろうにな。あいつは本当に文句を言わない」

「文句どころか、楽しくて仕方ないんだろ。託生にしょっちゅうメールよこしてるぞ、アラタさんの新着ニュースって」

「それ。……なんであんなに懐くかな」

「なあ？　真行寺は最初っからやけに託生と馬が合うよな」

「崎は、最初っから、葉山のことを見抜いてたのか？」

「見抜く？　なにを？」

「俺は、……まあ、俺も葉山のことは最初から気に入ってはいたけど、滅多に笑わない、安易にまわりに媚びないところが気に入っていたけども、崎が葉山の中に見出していたものは、そういう部分じゃないだろ？」

「オレは託生のふてぶてしさが好きだからな」

「――それ、誉めてるのか？」

「誉めてるさ。オレにとっては最上級の誉め言葉だ。おかげでオレは、何度となく託生に救われている。託生が託生でいてくれるだけで、オレには最高なんだよ」

「……なるほどな」

「ふてぶてしい、が、人聞き悪いのなら、魂がしなやかで強靭なところに惹かれた、と、言い直すよ」

「いいんじゃないか、ふてぶてしい、のままで。わかりやすいし。――誉め言葉として、俺も使ってみようかな」

「真行寺に？　やめておけよ。本人に言うのはリスキーだぞ」

「ほーう。リスキーだと自覚はあるのか。そうか、良かったよ崎、てっきり日本語がわからないのかと思った」

「いやいや、いやいや」

と笑い、ふと、「あ。で、三洲、いつ、どこで会う」

話を戻す。

「そうだった」

いけない。しゃべりすぎた。

意外なことに崎義一が相手だとつい話が長くなる。あれこれと雑談をしてしまう。

DNAの話まで飛び出した、あのときもそうだったっけな。

普段は接点を持つ気すら起きないのに、いざ話し始めたら、たいていこうだ。

「そしたら、崎――」

三洲の提案にふたつ返事で頷くと、ギイは通話を切る。

「……ギイ。楽しそうに誰と話してたんだい？」

珍しく、うさん臭げに見詰める眼差し。

コンビニの入り口、正面を避けた場所でギイの到着を待っていた託生に、

「三洲だよ」

と返すと、

「……ふうん？」

と、更にうさん臭げにギイを眺める。

「三洲だって。ほら」

ギイは直前の通話履歴を託生へ見せてから、コンビニの中へと促した。

「……電話、ギイから掛けたわけ？」

「いや？　三洲から掛かってきたぞ。なあ、珍しいこともあるもんだよなあ。夏なのに雪が降るかもしれないな」

「……楽しそうにしゃべってた」

楽しそう、に、こだわるねえ託生くん。

「ってか託生、オレと三洲は常に険悪ってわけじゃあないぜ？　三洲がオレを煙たがっているのは否定しないが、どんなに反りが合わなくても、話くらいはするって」

「ギイとは好みが被るから、それも嫌だって、前に三洲くんが」

「好み？　ったって、オレは託生だし、三洲は真行寺だし、被ってなくね？」

「よくわかんないけども、……あれ。なんでこんなにムッとしてるんだ、ぼくは」

「ムッとしてるんじゃなくて、託生くん、それ、焼き餅だから」

ギイはにやにやしながら冷蔵ケースからお気に入りの缶ビールを取り出す。

「や、……焼き餅？」

「託生も飲む？　ビール、どれにする？」

「ギイと同じの」

と答えてから、「……焼き餅、ぼくが三洲くんに？　ええええ、ちょっと、さすがにそれは、まずいなあ……」

託生はぶつぶつ呟きながら俯く。

かなりの焼き餅焼きとの自覚はあるので、できるだけ表に出さないよう気をつけている。ただの友人に、しかも三洲にはれっきとした真行寺というパートナーがいるのに、ちょっと楽しげにギイが三洲と話していたというだけで焼き餅を焼くとか。

これ、――相当に重症では？

もしかして、自覚していた以上に、自分は焼き餅焼き、なの、か？

「……どうしよう、ギイ」

できれば、不要な焼き餅は焼きたくない。

「どうもこうも、託生の焼き餅はオレの大好物だから、そのままでいいけど？」

「だって、それだと、ややこしくなるだろ？」

「焼き餅ならオレも焼くし。なんだっけ、ほら、大学の、バイオリンの」

「あ、財前？」

「それ。オレの託生に馴れ馴れしくすんじゃねー。って密かに思うわけじゃん、オレだって」

記憶力抜群のギイが名前を思い出せないふりをしたり、それ、呼ばわりするあたりに、言い分の信憑性が高まる。

「……なるほど」

「それから、城縞くん」

「え、城縞くん？」

「夕飯、誘われなかったか？」

「誘われてないよ。城縞くん、せっかくの機会だから、京古野教授にリストの『ラ・カンパネラ』を見てもらうんだって」

「夕飯も食べずに？」

「榊さんが買い出しに行った」

「――なるほどね」

ギイは頷き、「で？　城縞くんには話してあるのか、オレとのこと？」

「や、あれ？　どうだったかな？」

「京古野さんがオレたちの関係をよくわかっているからといって、彼の関係者全員が、わかっているわけじゃないからな」

榊はもちろん、承知している。

九鬼島のスタッフも、陣内を始め全員が、承知していた。

異性にしか興味がない男でも崎義一に口説かれたら、……やばいかも。と、榊が冗談交じりに託生に言ったことがある。榊がギイに興味があるという意味ではなく、なので俺はこの件について特に意見はないからね、の、意思表明として。

性的嗜好はさまざまだ。

自分の感性を強く押し出す芸術家には、奔放な人がとても多い。いちいち取り沙汰していては話が前に進まない。という、見識の持ち主なのである。

　ビジネスがスムーズに運ぶことが最優先事項である榊にとって、要するに、それらは瑣末なことなのだ。

　だがもし万が一にも託生が京古野に恋心を抱くようなことがあったなら、そのときは排除しますよ、と、微笑まれた。——京古野の仕事の邪魔になるので。

　まあ葉山くんに限っては、そのような心配は不要でしょうがね。とも。

「この前、うちで合わせたときに、ギイはいなかったけど、この家でふたり暮らしをしてるって城縞くんには話してあるよ」

「ただの同居と思われてないか？」

　三洲ですら、あの三洲ですら、同棲という単語を否定しなかったのに。

「家族みたいな人で、って、話してあるけど」

「それじゃあまるで親戚みたいじゃんか」

「え？　赤の他人で、高校時代の同級生だけど、家族みたいって、それ、特別って意味にならない？」

「もしかして託生、恋人、より上の表現のつもりで、家族みたいな人、って、使った？」

「うん」

「……うっ」

ギイは咄嗟に両手で胸のあたりを押さえた。この場で人目を憚らず託生を抱きしめたい衝動に駆られたが、ぐっと堪える。「次にもしオレの話題になったら、城縞くんに、オレのこと、婚約者って紹介しておいて」

「こ、……婚約者？」

「オレたち、結婚前提で付き合ってるじゃん」

「いつ？　あれ？　そうだっけ？　いつの間に？　あれ？」

「高校時代に結婚、申し込んだだろ？　託生は本気にしなかったが、オレ、ちゃんと言ったよな。よーし、じゃあ託生、卒業したら結婚しようって」

——む。

「じゃあ、が、余分」

てんで本気で受け取れない。

結婚しようとギイに何度か言われたことは覚えている。

最初は、言うに事欠いて結婚とかふざけてる。と、思った。

　しばらくして、言葉の重さを受け止めきれない託生を慮って、ギイがふざけた調子にしてくれていることに気がついた。本気に聞こえないように、わざと。もののついでのように、ギイお得意の冗談と託生が受け流せるように。

「最初に申し込んでからずっと、常に託生に本気にされてないってわかっていたから、ちょいちょいそれらしい話をしてるわけだよ。同居もそうだし。——あ、同棲か」

「……っていうか、ギイ、この話、コンビニでしなくても良くない？」

　大きな声で話しているわけではないが、店内にはそれなりに人がいる。

　興味本位で聞き耳立てている人も、いるかもしれない。——やや被害妄想っぽいが。

「なら帰り道でしていいか？　いつもみたいにはぐらかさないか？」

「わかった。はぐらかしません」

〝結婚〟のハードルは高い。

　同性だから云々ではなく、託生にはシンプルに結婚というもののハードルは高い。

　結婚を前提に、くらいならば、どうにか受け止められるけれども。

　だから、できれば具体的な話はまだ、されたくない。

　でも、ギイがそう思ってくれているのは、嬉しい。

　一方的に託生にとって都合の良い状態を、たまに混ぜ返しつつもギイはずっと尊重してくれている。——それも、わかっている。

買い出しから榊が戻ったタイミングで教授室で皆で夕飯を摂ることとなり、城縞が手洗いへと席を外している間に、

「京古野さん、城縞くんに演奏の切れが戻ってきて良かったですねえ。葉山くんのバイオリンに触発されているのか、彼特有の休符の色気が少しだけ現れていて、なんだか全身がぞくぞくしましたよ」

ソファセットのテーブルへできたてほかほかのお弁当を並べながら、「試みはひとまず成功ですか？」

と榊が訊く。

城縞恭尋の別名は、休符の帝王。

それまでの物静かな貴公子然とした表情が、決めの休符に入る寸前、空間を一気に掌握し、帝王の顔になる。居丈高な雄の顔に。

休符の間、刹那(せつな)のようなその短い間を、城縞はガッと手中に収める。

貴公子が豹変する。その一瞬だけ、無音の空間に降臨する帝王なのだ。

禁欲的な平時とのギャップの激しい身悶えするようなその一瞬を、この目で見たくて、同じ空間で感じたくて、足繁く城縞の演奏会に通っているファンは多いであろう。

だが、休符の帝王とは隠語のようにファンの間で密かに使われている別名なので、知らない人はまったく知らない。そんなふうに呼ばれていると本人の耳に入り、意識されたら、途端に消えてしまうかもしれないからだ。

絶対に本人には知られていないはずなのに。

最近は、それが影を潜めていた。

城縞は休符で、空間を掌握できずにいた。

受けを狙ったパフォーマンスではないだけに、城縞のメンタルが原因と、京古野にはすぐにわかった。

「そうだね。迷子のような不安そうな表情は消えていたから、ひとまずは成功といってもいいかもしれないな」

完全に消えたのか、今だけなのはわからないが、雨上がりの青空のようなすがすがしい表情で城縞はピアノを弾いていた。

「……にしても、なにがあったんでしょうねえ」

「プロになればあれこれ言われる。的確な批評もあれば、見当外れの批評も受ける。批評そのものよりも問題は、見当外れの批評を押し付けてくる人間の存在だからね」

「厄介な上に迷惑な話ですねえ。しかもそういうのに限って、自分の評価は間違ってないって本気で信じてるわけでしょう？　演奏家も精神的にタフでないとやっていけませんねえ」

「城縞くんは弱くはないが、……振り回されたり迷ったりすることは、人間だからね、誰にでもそういう時期はあるよ」

「なるほど」

榊は頷き、「その点でも、井上佐智は別格ですねえ。彼が演奏に迷うことなんてあるのかなあ。仕事を組み立てている大木氏のマネージメント力の賜物かもしれませんが、湯水のごとくとめどなく才能が溢れ続ける人ってのは、いるものなんですねえ」

「彼は、音楽の神に愛されし存在だからね。別格も別格だ」

「良かったですねえ京古野さん、ジャンル違いで」

「バイオリンとピアノで？　そうだな」

素直に同意する京古野の、京古野とて間違いなく音楽の神に愛されまくっているのだが、この謙虚な姿勢がまさに榊のツボであった。

本日の推しも、たいそう尊い。

クラシック音楽の善し悪しなどからきしわからないのに、推しの一番近くで仕事ができるとは！　マネージメントの仕事を続けていて良かった。（自身の転職報告ついでに）スカウトしてくれた陣内にも、感謝である。

適材適所で九鬼島には陣内が、大学には榊が、と持ち場をわけたのだが、どのみち仕事は繋がっている。今やすっかり陣内は三十代の若さにして〝島のヌシ〟という貫禄だが。

榊がスケジュール管理をするようになるまでは、すべてをひとりでこなしていたというだけあって、京古野にはまったく手がかからない。しかも榊のビジネスライクな発言に対しても、感情論では返してこない。榊と話しているときは、京古野も京古野のマネージャーのひとりである。――そこも尊い。

ちなみに陣内の推しも京古野である。榊にとっては陣内は同僚でありライバルである。ふたりとも表立って推しを推したりはしていないが、故に、本気の推しであった。

「そういえば陣内から、渡欧前まで雅彦さんが使っていた部屋の荷物をどうするか、訊いておいてくれと頼まれていました。あの部屋をサマーキャンプで使いたいそうですよ」

「……雅彦の？」

対人恐怖症なのにひとりきりで眠るのが怖い。そんな雅彦がようやくひとりで一日を過ごせるようになり、与えられた彼の部屋に、やがて少しずつお気に入りの品が増えていった。

「かれこれ何年、あのままでしたっけ？　ずっとヨーロッパに渡ったきりですよね」

すべての殻を脱ぎ捨てるように、身ひとつでふらりと旅立って行った雅彦。まるで過去のすべてを置いてゆくように、愛用のフルートでさえ部屋へ残して。

いつふらりと戻ってもいいように、部屋はそのままにされていたが、

「同じ間取りの別の部屋、あったかな？」

部屋そのものが重要なわけではない。

「レイアウトがそのままいけるんなら移動してもいいんですね。わかりました、陣内に伝えておきます」

「あと、鍵を」

「わかりました。鍵を掛けて入室禁止にさせます」

息子のように、だと盛り過ぎだが、弟のように、京古野は雅彦を気遣っていた。俗に『便りが無いのが達者な知らせ』とはいうものの、こちらでは雅彦がどこでなにを

しているのか常に把握しているが、雅彦から連絡がくることはない。

そして京古野も、積極的に雅彦に関わるようなことはしない。

赤の他人なので当然だが、それにしては、手厚いのである。

「雅彦さん、まだ大学に学籍があるんでしたっけ？」

いくら私立大学でも十年以上も学籍を置き続けるのは、果たしてどうなのだろう？

「年度替わりに延長されたらしいから、まだ学籍はあるようだね」

「そりゃあ少子化に悩む大学としては経営的にありがたい話でしょうが、でも雅彦さん、もう名字は乙骨ではないですよね？　下世話な話ですけれど、留年扱いの学籍の継続だけでなく学費以外に（けっこうな額の）寄付金も、例年どおりに乙骨家から支払われているんですか？」

学籍はそのままだが、雅彦は乙骨家から籍を抜かれた。そして母親の旧姓の嘉納へ、嘉納雅彦となったのだ。――乙骨財閥には及ばないが嘉納家もかなりの資産家である。必要とあれば在籍のため（だけであったとしても）学費や寄付金を嘉納家が出すのは造作ない。だがこれはお金の話ではないのだ。

雅彦の在籍にこだわっている、ただひとりの存在。

「そこは、意地でも支払いたい人がいるんだよ」

従兄弟の寄彦。「僅かばかりの、わからずやの大人たちへの〝抵抗〟としてね」

彼は未だに承服していない。雅彦を乙骨の籍から追い出したことを。それを決断し、強引に実行した一族の大人たちのことを。

一族の裏切り者として追放しただけでなく、父親の死に目にもあわせなかった。雅彦の実の父親が誰だとしても、裏切り者のそしりを受けるべきは生まれてきた雅彦ではない。雅彦にはなんの罪もない。にもかかわらずの仕打ちの数々。——そう。雅彦に、罪はない。

「……なるほど」

セレブリティな人々のややこしい親族間の揉め事は、加えて根も深いので、榊としては距離を置いておきたい案件である。とはいえ、「……あちらのお家事情はさておき、いつまで雅彦さんの荷物を、島で預かっているんですか?」

下手をすると一生か?

だとしたら、やり過ぎでは?

「勝手に処分はできないだろう?」

京古野は穏やかに微笑む。

名字が変わったとはいえ、雅彦に嘉納家の思い出はほとんどない。彼はずっと、生まれたときから乙骨雅彦だった。父親である乙骨幹彦（みきひこ）は、社会への適応能力が低く生まれたひとり息子を煙たがるどころか、たいそう可愛がって育てた。目の中に入れても痛くないほどの、彼には自慢の愛息子だったのだ。

雅彦にフルートの才能があると気づくと、より演奏しやすいフルートをと次々に与え続け、最終的には都心の高級マンションが買えそうなプラチナ製のフルートをぽんと買い与えた。

そのフルートだけは奪われず、雅彦の手元に残された。

父の形見とするには最初から雅彦が使い、愛用していた楽器である。けれどそのフルートに託された父からの愛は本物なのだ。

父の死が、雅彦にとってどのようなものだったかは、誰にもわからなかった。彼が言葉にしなかったので。

できなかったのかもしれない。

雅彦も、父が大好きだったのだ。

その最後のフルートを、雅彦は島へ残した。

雄弁に自身を語る唯一のツールであり、肌身離さず大切に使い続けていた父からの深い愛情の証であるフルート。身ひとつで旅立つとしてもそのフルートだけは持って行くと、京古野は思っていたのだが。

アカウントネームの『HiKo//MAPP』のHiKo。

形見の品は持っていかずとも、表現を変えるならば、乙骨家の資産で購入されたフルートは残し、雅彦は〝雅彦〟という名前だけを持って旅立った。雅彦の〝彦〟は幹彦の彦から一字を取った、父が愛する息子につけた名前なのだ。

「雅彦が取りに戻るまでは、そのまま預かっているよ」

つまり、一生取りに戻らなかったら、一生ですか？

榊は重ねて訊きたかったが、やめておいた。

この寛容さも、京古野の魅力だ。尊い推しの、素晴らしきところだ。

「それより榊くん、城縞くんは、どこのトイレまで手を洗いに行ったんだい？」

部屋を出て行ったきり、まだ戻らない。「せっかくできたてのお弁当を買ってきてもらったのに、冷めてしまうね」

「はっ！　まさか！　あの連中……！」

がばりと顔を上げた榊は、「迎えに、いや、救出に向かいます！」

言って、部屋を飛び出して行った。

心なしか託生の足取りが軽い。

「──結婚の話題、前より平気になったのか？」

「え？　なに？」

「いや。入籍、いつにする？」

「その話題、はぐらかさないけど、承諾もしないからね」

「なんだ、つまんねーな」

「同居を始めたばかりだろ？　ぼくたち、かれこれ十年以上も別々だったんだよ？　ようやく少し、ふたり暮らしに慣れてきたのに、一足飛びに、なんて、無理だよ」

「そうか。わかった。じゃあ、保留」

「……うん」

「前向きな、保留な」

「うん！」

「よし。ってことは、レッスン順調だったのか？」

足取りの軽さは、やはりそっちか。

「ギイ！　聞いてよ！」

「お。おう。なんだ、いきなり」

「サツキちゃんのときみたいに、今度はぼくと城縞くんのために、佐智さんと京古野教授が、編曲してくれたんだよ。もう本当に素晴らしい編曲で、感動なんだよ」

「佐智と京古野さんが、託生と城縞くんのために、どの曲を？」

「もちろん、『序奏とロンド・カプリチオーソ』」

「へえ？」

「今度もギイを、感動させてあげるからね！」

「おーっと託生くん、大きく出たなあ」

「それくらい素晴らしいんだよ、編曲が」

「と、いうことはだ、それまでオレ、聴かない方がいいのかな？」

「ああ、そうか。……練習を聴かれても、かまわないんだけれど……」

「結婚式まで花婿が花嫁のウエディングドレス姿を見ない、みたいな？　託生の演奏は当日の楽しみにしておきたい、かも」

「……それでもいいけど、うーん」

「ニューヨークのときは、練習を聴くに聴けなかったものな。でも練習に立ち会っていた佐智でさえ、当日には託生たちの演奏に感激したんだから、オレも練習から聴いていても大丈夫かもしれないな」

「感激⁉　感激したって佐智さんが？　や、井上教授が、そうおっしゃってたのかい？」

「——む。まだ食いつくか。相変わらず佐智のことになると、もの凄い勢いで食いつくよな、託生」

「だって、今も変わらず尊敬しているんだよ」

「はいはい。言ってました、感激したって。もう少しで泣きそうだったたって」

「う、うそ！　井上教授が？　ぼくの演奏で？」

「泣いてないから。もう少しで、泣きそう。泣いてない。わかる？」

「細かいなあ、ギイ。いいの、ぼくには、充分すぎるほどの賛辞なの」

「でもオレは泣いたぞ」

しれっとギイが言う。

「——え？」

「オレは、泣きました。託生の演奏に、心を鷲摑みにされました」

「ギイ……」

「ぶらぼー託生」

「……もう」

「ぶらぼー」

「やめろよ、もう」

照れるだろ。――感動しちゃうじゃないか、もう。

「サマーキャンプでも、託生のバイオリンを一番の楽しみにしてるからな」

超一流の演奏家たちを差し置いて、惚れた欲目の恋人が囁く。

「……うん」

頷いて、絶対に良い演奏に仕上げようと、託生は改めて決意する。

城縞のために始めたけれど、どうしてもと頼まれてスタートしたけれど、――もう違う。全部、自分のためだ。全部が自分に還っている。城縞のおかげで、きっかけで、託生は人生の階段をひとつ上がろうとしている。

今日はなんて良い日だろう。まずギイからの電話が嬉しかった。その直後に女子学生に絡まれたのは災難だったが榊に助けてもらったし、素晴らしいアレンジの曲を自分が演奏できることになり、それまで暗く沈んでいた城縞が一転、たいそう張り切って、なによりギイが、あの夜の託生の演奏で泣いたと、……嬉しいなあ。

まあ半分は、サツキのピアノのおかげなのだが。

彼女のピアノなしに、あの演奏はできなかったのだから。

「そうだ託生、さっき三洲に訊かれたが、今回のサマーキャンプに雅彦さん、参加するのか？」

「雅彦さん？」

唐突に出てきた名前に託生は驚く。「っていうかなんで三洲くんが、雅彦さんの参加をギイに確認したんだい？」

「さあ？　ではなく、託生、つまり？」

「――つまり？」

「三洲が、サマーキャンプの内容に関して立ち入った質問をオレにしてきたということは、つまり？」

「そうか！」

託生は急いでケータイを取り出す。

ギイも画面を覗き込む。

案の定、真行寺からメールが。

「説得？　めでたく成功しました。って、なんで〝説得〟にクエスチョンマークが？

へえ、打診したらすんなり三洲くんからオーケーをもらえたのか。アラタさんなのになんでこんなにあっさり？　って、ぼくに訊かれても、ねえ？」

笑う託生に、

「まったくだ」

ギイも笑い、「なんでもかでも託生に訊けばいいと思うなよ、真行寺」

ケータイの画面に向けて、きつめに突っ込む。

「真行寺くんの願いが叶って、サマーキャンプで溌剌とした三洲くんに戻れるといいね」

「溌剌とした三洲ってのが、よくわかんないけどな」

「真行寺くんにはそう見えているんだよね？　不思議だなあ」

その三洲には、真行寺はどんなふうに見えているのだろうか。

「託生が名前を聞いて驚いたということは、雅彦さんの参加はない？」

「うん。ないよ」

「ヨーロッパでしょっちゅう演奏会を行ってる佐智なら、会って、誘っていそうなのにな。一度くらい自分主催のサマーキャンプに参加してもらえませんかって」

「かもしれないけど、井上教授と話してて雅彦さんの話題になったことがないし。久しぶりに名前を聞いたなあ。しかも三洲くんからって、どういうこと？」

「三洲は、ほら、泣かせた過去があるだろ？」

悪戯っぽくギイが目を細める。

「ああ、ああそうだね、そうだったっけ」

「サマーキャンプで九鬼島に二週間くらい滞在するから、泣かせたことのある雅彦さんがどうしているか、改めて気になったんじゃないのか？」

「また泣かれたら嫌だなあ、とか、そういうこと？」

「そりゃ、泣かれたら嫌だろう？」

「もう島にいないのにね、雅彦さん」

「でな、三洲にオレ、情報収集されることになった。打ち合わせ的なやつだけど、事前の根回しっぽくて、完璧主義者っぽくて、なんか既に真行寺が狙ってた三洲っぽくないか？」

ギイが思う三洲らしさ。その、兆し。

「ギイ、三洲くんと会うのかい？　ふ、ふたりきりで？」

「はいそこ、意外そうにしない」

「だって。——大丈夫なのかい？　ケンカしない？」

「オレは三洲とケンカしたことは一度もない」

「あ、そうだった」

「そんなに心配なら託生も同席する？」

にやりと笑ってギイが訊く。

「し、しません。三洲くんはギイに、訊きたいことがあるんだろ？　邪魔はしないよ」

「そうですか、そうですか」

「にやにやしないで」

「三洲からなにを訊かれるかは会ってみないとわからないんだが、事前情報として伝えておいたほうがいいことって、あったっけ？　託生サイドから、なにかある？」

「んー……」

託生は考え、「あ。もし、完璧主義者？　うん、確かに三洲くん、計画に対して緻密だし、だからもし、参加者の名簿は表には出せないんだけど、早めに入島できるなら、島でなら、見せられるかも」

「参加者の名簿を？」

「うん、子どもたちのプロフィール。きっと前以て知りたいよね、三洲くんなら」

「だな」

ギイは軽く頷き、「予定より早めに入島してもいいって話？」

「うん、いいよ。ぼくもかなり早くから島に行ってるし」

「そうなんだ？　――初耳だ」

不穏な空気を醸し出したギイに、

「む。じゃあ訊くけど、ギイはぼくと一緒に島に渡る気はあるわけ？　ぼくとスケジュールを合わせる気はある？　出掛けたら鉄砲玉なんだから、そんな先のこと、どうせ自分でもわからないだろ？」

「……確かに」

ギイは即座に説得された。

普段はふわっとした物言いの託生だが、責め立てるときは、けっこう理路整然としたマシンガントークを繰り出す。

おそらくこれが、託生の〝地〟だ。

地とはいえ滅多なことでは顔を覗かせないけれども、リミッターが外れた託生は、攻めるのが下手ではない。

「よし、そしたら、タイミングが合ったらオレも託生と一緒に九鬼島へ渡ろうっと。それなら良い？」

「良いけど……」

「けど……？　なんだい？」

「……ごめん。なんか今の、ギイを縛るみたいな、ごめん。うまく言えないけど、それぞれでいいよ。ギイと一緒に島へ行けるのは楽しいから嬉しいけど、絶対じゃないから。ぼくに、やるべきことがあるように、ギイにも、あるよね。ごめん。鉄砲玉にも理由があるってわかってるのに、ごめんねギイ。嫌みみたいに、言っちゃった」

すぐに理性を取り戻し、リミッターも、掛け直す。

それらが全部で託生、なのだ。

「いや？　ぜんぜん？　気にしてないけど」

託生からなら、嫌みも愛しい。

「……気にしてない？」

「嫌みを言われるうちが花だろ？」

恋人の自分にだけ見せる、託生の顔だ。「だってそれ、オレがめちゃくちゃ託生に愛されてるってことだもんな」

遠慮なく惚気るギイに、愛しているのは事実なので、そこは否定できないのだが、

「そ、そういうこと言うのに、少しは、照れてもらいたいな」

　恥ずかしいという感覚が自分たち日本人よりやや少なめなギイ。わかっているし、臆面なく言われることに慣れつつもあるが、それでもやっぱり多少は照れてもらいたい。

「なに？　自粛要請？　オレも愛してるよって、言っちゃダメ？」

「ちがっ、……違うけど」

　言われなくなるのはイヤだ。言ってもらいたい。言われたい。愛していると、何度でも。

「話は変わるが、託生、夕飯はオレ特製のビーフシチューだぞ」

「え!?　――ギイ、急いで歩こう」

　冷たいビールと熱々のギイ特製ビーフシチュー！　なんて素敵な組み合わせなのだ。

　いきなり大股（おおまた）で歩き始めた託生のあとを、

「おおお、腹ペコの葉山選手、珍しいほどの俊足です」

　ギイは愉（たの）しげについていった。

いつか殺すかもしれない
自分の手で
殺せないのなら死ぬまでこの島に閉じ込めておくのかもしれない
脆弱でどこへも行けないのをいいことに
慈愛に満ちた仮面をつけて
滅んでゆくのを
ただ眺めているのかもしれない
救わない
救いなどどこにもない
誰も救われない
早くいなくなってくれ

殺してしまう前に
無垢(むく)な眼差しで私を見るな
慕ってくれるな
私は
お前の中に流れる血が
憎くて憎くてたまらない——

「……うわ、相変わらず、ここ、怖いね」

断崖(だんがい)絶壁の真下ではゴツゴツとした大きな岩が激しく白波を割っている。落ちたら悲惨なことになりそうな海岸を見下ろして、託生がぞっと身震いした。

「託生。落下防止のための手摺りなんだから、あまり身を乗り出すなよ」

大きさの異なる三体の地蔵に丁寧にお供え物を置き、手を合わせてからギイが言う。

「ギイ、もしかして、九鬼島へくるたびにお供え物してる？」

「この地蔵たちは墓のかわりみたいなものだからな。お供え物を用意できなかったときでも、必ず挨拶はしているよ」

「……お墓？　あ、そうか」

託生は急いでギイの隣へしゃがんで、地蔵に手を合わせた。

現代では新しく地蔵が祀られることは少な、いや、もしかしたらそうそうあることではないのかもしれないが、地蔵にはいろいろな意味が込められたり託されたりしている。

ここの地蔵は〝墓〟のかわりだ。

手土産にとギイが持参した素朴な風情の白い饅頭、陣内に渡した箱詰めのものとは別に包んでもらっていた三個を、ひとつずつ地蔵の前へ供えた。

「ねえギイ、わざわざ遠くまで買いに行ってきたというわりに、――こんな表現は失礼かもしれないけれど、なんの変哲もない、お饅頭だよね？」

だがギイは、わざわざ、なんの変哲もない物を遠くまで買いに行ったりはしない。

承知の託生ならではの問いかけであった。

「好物なんだってさ」

ギイは微笑む。

「……好物？　誰の？」

「教えてもらった場所に店がなくて、やばっ潰れちまったのかと急いで調べたら移転してた。老舗ってほど大袈裟でもないが、百年以上続いている町の和菓子屋さんなんだよ。評判を聞いたら、幸いなことに昔ながらの白い饅頭だけは一切のリニューアルがされていなくて、代が移ろうとも伝統の味を守り続け、見た目どおりの素朴な美味しさなんだとさ」

「ふうん？　で、誰の好物？」

「この人」

ギイは大中小と大きさの異なる地蔵の、家族のように三つ並んだ真ん中の、中くらいの地蔵を示した。

「真ん中のって、確か、九鬼翁の年を取ってから生まれた次男の、お嫁さん？」

「そう」

託生が初めてこの九鬼島を訪れ、しばらく滞在することになったときに複雑な変遷を持つこの島の元の主、九鬼翁の家族についても、ギイから説明を受けていた。

ギイが子どもの頃に九鬼翁は亡くなっているのだが、その時点で血縁の者はすべて他界しており、九鬼翁よりも若い息子たち——嫁も孫も、いなかった。遺産を受け継ぐ者はおらず、それらは遺言に則って弁護士により処分され、売りに出されたものの永らく買い手が現れなかったこの島を購入したのが京古野耀だったのだ。

九鬼島の九鬼は九鬼翁の九鬼。

登録されている島名ではないので京古野島と呼び方を変えても問題はなかったのだが、地域に馴染みが深いという理由で、京古野は変えずに九鬼島とそのままにした。

「次男の泰介さんの妻となった夏さん」

政略結婚だったか略奪結婚だったか――。

島に嫁いで日もまだ浅い頃、妊娠していた新妻の夏はこの崖から転落死し、胎児も助からなかった。

その同じ場所で遡ること数十年前、泰介とは親子ほどに年の離れた兄、長男の啄馬がやはりここで転落死している。

緑の深い九鬼島の、ここだけぽっかりと伊豆半島側へ口が開き、見晴らしの良さから過去には物見の砦と呼ばれていた。

右下へ視線を落とすと、干潮時には伊豆半島と九鬼島とを歩いて渡れる海の道が現れ、フランス西海岸のかの有名なモン・サン＝ミシェルのような希少なトンボロ現象を日本でも見ることができる。

長男の啄馬のために祀られていた地蔵の隣へと、次男の嫁の夏のため、夏の腹にいた名もなき子のためにと順番に祀られた地蔵。土に骨が埋まっているわけではないので参ったところで墓ではないし、もちろん願いを叶える地蔵でもない。それでもギイは鎮魂を祈っての地蔵参りを欠かさない。そして三洲の祖母のミヨも、折々に啄馬の地蔵に参っていた。

もし長男の啄馬が若くして亡くなっていなければ、今頃ミヨは出木ミヨではなく九鬼ミヨとして、この島の主であったかもしれない。

若き日、ふたりは結婚の約束をしていたのだ。

ミヨの付き添いで島に来たときには三洲も祖母と共に地蔵に参っていた。今回はミヨが同行していないからか（とはいえお盆の時期なので、数日以内にミヨは島を訪ねてくることになっている）三洲は真行寺と屋敷へ残った。

今頃は、早速陣内とボランティアの打ち合わせを始めているかもしれない。——託生が依頼しておいたので、三洲が気にしていたサマーキャンプの参加者名簿を陣内から渡されていることだろう。

「——どうして夏さんの好物を、ギイが知っているのさ」

託生が訊く。

何十年も前に亡くなった、ギイとはゆかりのない人の。

じっと地蔵を見詰めている美しいという形容詞が誰より相応しいギイの端整な横顔へ、

「三洲くんとふたりで出掛けた先で、買ってきたんだよね？」

重ねて託生は質問する。

『――でな、三洲にオレ、情報収集されることになった。打ち合わせ的なやつだけど――』

情報収集？　打ち合わせ？

なにについての？　サマーキャンプのことではなかったのか？

「ねえギイ、……三洲くんと、どんな話をしたんだい？」

ギイと三洲、ふたりでなんの話をしたのだ？

「どうする？」

ギイの問いに、

「――まだ決めかねている」

静かに三洲は答えた。

「なら考えてる間に、この施設を案内しようか？」

ギイの提案に、

「考え事は散歩しながらに限る、だろ？」

すんなりと三洲は乗った。「わかった。案内してくれ」

母校の祠堂学院に勝るとも劣らない、自然溢れる山奥にポツンと立つ（ポツンにしては巨大な、そしてやけに）近代的な、いかにも研究所らしい真っ白な建物。

「今は稼働が全体の六割くらいで、研究領域というかパーソナルスペースもかなり広く確保しているんだ。突発的な重要案件が飛び込んできたときに即時対応できるよう、通常は余力を残している」

「……へえ？」

薄い反応で頷いたものの三洲は内心舌を巻いていた。――世界に数台レベルのハイスペックな機器を揃えた研究所が、日本国内にあったとは。

「それで、あのドアの先が難病の新薬を開発しているエリアなんだ。さすがに中は案内できないが」

たとえ三洲でも立ち入りは許可できない。

「――難病？」

「あけすけに言うと、要するに、採算が合う見込みのない新薬を研究開発している物好きがたむろしているエリアだよ」

ギイが笑う。

「……すごいな」

採算度外視なんて、「というか、普通あり得ないだろそんなこと。研究員にとってはこれ以上ない楽園のような環境だが、物好きなのは研究員ではなくむしろ崎の方だ。あっと言う間に資金が枯渇するんじゃないのか」

「これがオレの道楽だから」

ギイはまた笑って、「資金調達はオレの仕事。でもオレには難病の新薬はとても作れない」

「――できそうだけどな」

「ひとつにかかりきる粘り強さの話だよ。興味の対象が次々に移り変わるオレには無理だ」

能力ではなく、そっちの意味か。

「……なるほどな」

「オレより適任を見つけたら、即刻、場を明け渡す。のがポリシー」

「それは高校のときから変わらないな」

おかげで（時代の変化により悪習と囁かれるようになった）祠堂学院の秋休みは、今は完全に撤廃されていた。別名を衣替え休み。夏服を実家へ運び、実家からは冬服を、それを生徒ではなくふたりまで許されていた御側付きが行うための秋休みだったのだが、現代となっては秋に長期休暇など不要だし、学校のスケジュールをこなす上で足かせではないかと誰もがうっすらと感じていても、撤廃へ向けて行動に移すことはしなかった。不要と判断したギイが、当時生徒会長だった三洲へ撤廃を直談判し、その年の生徒総会の議題へねじ込ませ、数年の試行期間を経て本採用となったのだ。

バトンを渡すのがうまい。そしてバトンを渡す相手を見つけるのもうまい。――口説くのもうまい。

まんまとのせられているとわかっていても、満更でもない気分にさせる。

「それで崎は、ここの所長を退いたのか？」

「まあ、半分は」

「自分でこのとてつもない施設を造っておきながら、あっさり手放したのか？」

しかも二十代の若さで。

「充分な仕事ができもしないのに、執着してもなあ」

「名前だけの所長は嫌なんだな」

「嫌だろ、そりゃ。所長を名乗るなら、その肩書に見合うだけの〝愛〟がなけりゃ。この施設にも、スタッフにも」

——ありそうだけどな。

思ったが、言葉にはしない。

土台を作り、建物を建て、スタッフを育て、軌道にのったならば自分よりも相応しい人にその場所を明け渡す。それをあっさりこなしてゆく。

次から、次へと。

「腹が立つな」

ぼそりと三洲が言うと、ギイがあからさまに身構えた。

「い、今の、間違いなく、オレへ、だよな」

腹が立つ。「え？　なにに？」

オレはなにをしでかしたのだ？

「崎へじゃないよ」

否定した三洲は、「決めた」

顔を上げた。

どんなにあっさりしているように見えたところで、この規模でこのレベルの研究所を立ち上げ軌道にのせることは、簡単でも平滑な道でもないだろう。

三洲は持参していた封筒をバックパックから取り出し、

「崎に任せる」

ギイへ渡した。


「……どんなって」

ギイはちらりと託生を見下ろして、「まあ、……いろいろ？」

曖昧に濁す。

「いろいろって？」

「主に三洲のプライベートに関することだよ」

「三洲くんの？　プライベートって？」

ギイがいつもどこでなにをしていようと、ケータイをそのへんにぽんと置きっぱなしにしていようとも、訊かないし見ないし探らないし、気にしないし、干渉もしない託生だが、たまにスイッチが入る。

食い下がる託生へ、

「ただの好奇心ならばやめておけ。いくら託生にでも三洲のプライバシーをオレが勝手にしゃべれると思うか？」

恋人の焼き餅は心地好いけれども。

「勝手って、でも……」

ギイは託生と視線を合わせ、

「託生。オレを、口の軽い無責任な男にしたいか？」

ゆっくりと訊く。

「っ。——思わない」

託生は首をふるふると横に振り。「ごめん。なしにして、今の、なし」

素直に引き下がる、そこも可愛い。

「託生と三洲の仲だろ、どうしても気になるなら託生が直接、三洲に訊けよ」

「……ぼくが訊いても良い内容？」

「あー……」

ギイは言い淀む。「そうか、それは、……どうかな」

崎が実は大卒だとあのとき俺だけに打ち明けたように――。

崎にだけ、この話をするよ。

俺は、戸籍上は実子だが、養子だ。

父と祖母だけが知る秘密を、父が俺に話してくれた。

だが母はその事実を知らない。今でも俺を、自分が産んだ息子と思っている。

父は祖母に相談せずに俺に打ち明けてくれたから、俺が秘密を知っていることを、祖母はまだ知らない。

死産だった母の子と、俺は、密かにすり替えられたんだ。

祖母が、――産まれたばかりの俺をどこからか連れてきた。金銭が絡まない、出自もわからない、そして医師が介在する、内々に産まれたばかりの赤子をやり取りする。祖母は、そういうシステムを利用したんだ。

だから俺は実の両親を知らない。

なあ崎、俺は乙骨雅彦とよく似ていると思わないか？　まるで血の繋がった兄弟のように。

乙骨雅彦の本当の父親は、——誰だったんだ？

俺は、……どこの誰なんだ？

「う－ん……」

珍しく考え込んだギイへ、

「わかった」

託生は潔く頷く。「もう訊かない」

「——いいのか？」

「気になるよ？　気になってるけど、訊かないことにした」

託生にも、誰にも話せないことはある。

ギイと三洲がほんの少し距離が近くなっただけで、こんなにざわざわしてしまう己の狭量さを、いったい誰に話せると言うのか。——みっともない。三洲のプライベートな事情は託生のそれとはまるきり次元が違っていそうだが、それはそれとして、要するに、食い下がらない動機として充分であった。

「ただギイ、これだけ教えて。三洲くんは、そのことで苦しんだりしてないよね？」

「あー……どうかな。腹はくくっているようだけどな」

「……腹はくってる」

そうか。——なら、自分の出る幕はないな。

ギイが済まなそうにする。そして託生を引き寄せて、両腕ですっぽりと抱きしめた。

「悪いな、託生」

うっすらとかいた汗で湿り気を帯びたギイのTシャツ。

半袖の腕をじりっと焼く真夏の強い直射日光。

足元から聞こえる激しい波しぶき、海鳥が短く鳴きながら空を切る。

草や木々の緑の独特な匂い。

ギイの、コロンのうっとりする匂い。

託生もギイの背中へ腕を回して、

「……うっ、暑い！」

と離れた。露出した腕だけでなく、頭も熱い。黒髪はとても効率よくお陽さまの熱を吸収するのだ。「ギイ、日陰！　日陰に移動しよう！　ここは、無理っ」

ギイの手首をぐいぐいと引いて、託生は林の中へと戻った。

割り当てられた部屋へ荷物を置いてから、三洲は急ぎ足でボランティアスタッフ専用の控え室へ向かった。

個室でもふたり部屋でもどちらでもかまわないと伝えていたからか、——個室希望者が圧倒的に多かったからか、三洲は真行寺とのふたり部屋に割り当てられていた。

三洲はといえば、ベッドがふたつ並んだ部屋に入り、どちらでもかまわないと言ったもののたまには個室がせいせいとしていて良かったな、と不満に感じるのかと思いきや、そうでもなかった。むしろベッドがふたつあることに贅沢さすら感じてしまった。

ひとりでひとつのベッドが使えるとは、なんとのびのびしたことか。

この世でただひとり、真行寺は三洲にとって空気のような存在だ。そばにいて負担にならない。それどころか、真行寺がいると、呼吸ができる。しんどいときにそこに真行寺がいると、真行寺がそこにいるだけで、三洲はいつもの三洲になれる。自分でいられる。

もし真行寺を失うようなことになったら——。

どこかで呼吸が止まってしまうかもしれない。自分は、そういうふうに人生を歩みがちだ。もし真行寺と出会っていなかったなら、糸の切れた風船のように成層圏まで飛ばされて呆気なく破裂していたのかもしれない。

ここにきても同室なのを、真行寺がどう思っているかは知らない。

たまにはひとりが良かったな。

と、もし真行寺が負担に感じたならばそのときは、部屋替えを申し出よう。

サマーキャンプに向けて増員されたスタッフのうち、ギイ、託生、三洲と真行寺の四人以外はまだひとりも九鬼島へ入島していなかった。ここから二、三日以内にぱらぱらと全員が集まる。それでもサマーキャンプが始まるより何日か前である。

先手必勝で動いてゆく。迎える準備はできるだけ万全にしておきたい、たかが中高生向けのサマーキャンプと侮れぬ現役のクラシック音楽界でおそらく最高峰の宝が集まる今回の、サービスだけでなく不測の事態に備えるためにも。

九鬼島の南端、小型のモーターボートだけでなく大型のクルーザーなども複数停泊できる船着き場で出迎えてくれたのは京古野邸のいつものスタッフのみで、三洲には気心の知れた人々でもあった。

主の京古野は不在だった。――それも、三洲にとってはいつも通りだ。

祖母の付き添いとして年に数回来島している三洲はそれなりに九鬼島に詳しく、そこまで詳しくなくとも真行寺も過去に島へ滞在したことがあった。

初めて訪れたのは十年くらい前の高校生の頃。

あのとき発見され、皆で探検した屋敷から海岸へと続く秘密の抜け道のような狭い洞穴は、現在は完全に埋め立てられていた。海賊行為はさすがに時代が古すぎるが、船を使った密輸などで荒稼ぎをしていた頃の痕跡であろう。——故人を犯罪者扱いするほどの確たる証拠はないのだが、九鬼家はなにかと謎の多い家系であった。

家族の立て続けの転落死という不審死も、九鬼家とあれば、どこか納得できるのである。

そんな忌わしい島を、なぜに京古野は居住地として購入したのか。今になって三洲は、おおいなる疑問と違和感を抱いている。

先日、CMの撮影で久しぶりに九鬼島を訪れた真行寺なれど、トンボロ現象を利用した海での（剝き出しの海底だ）撮影がメインであり、他の場所にはあまり立ち寄らなかった。そこで屋敷のスタッフに頼み、小島とはいえけっこうな広さのある九鬼島を隅々まで案内してもらうことにした。

誘われたが三洲は同行しなかった。送り出した真行寺の荷物と自分の荷物とを、割り当てられたふたり部屋へ運び入れてから、三洲は三洲の、目的を遂行する。

勝手知ったる広大な京古野邸を、迷うことなく一階の控え室へ。そこに、サマーキャンプが始まる前に見せてもらいたいと託生を通して頼んでおいた、すべての参加者の名簿が用意されていた。──控え室からの持ち出しは禁止。という約束で。

控え室であり休憩室でありもちろん食事（軽食だが）が摂れるよう食堂の機能も持たせるという広い部屋、利用者は（三洲を除けば）まだひとりもいないのだが、邸内には集中管理システムのエアコンが常時稼働しているので室内はひんやりと涼しかった。

窓の少ない薄暗い室内の電気を点けると、ゆとりを持ちつつもずらりと並んだ長机とパイプ椅子の組み合わせ、快適さというよりは収容量と簡易さが際立つ控え室である。

これから数え切れないほどこの部屋を出入りするのだろう。

屋敷だけでなく、九鬼島のあちらこちらを走り回ることになるのだろう。

「……祠堂以来だな」

放課後になれば生徒会室を頻繁に出入りし、広大な祠堂学院の敷地をあちらこちらと移動しまくった。──父が入学を勧めてくれた、父の母校だ。

不意に、……どうしてか急に、両親に申し訳なくなった。

「……やばいな」

父の声が聞きたい。——メールすらろくに送っていないのに。

いいのだろうか、このまま進んで。

進むためにこの島へ来たけれど。

三洲はスマホを取り出すとアドレス帳を表示させた。父の名前を検索しようとして、

——迷う。久しぶりの息子からの電話、特に用はないが声が聞きたかったなどと言ったならば、勘の良い父は間違いなく心配する。それでなくとも既に心配をかけている。

たまには近況報告を、なんて、それもらしくなくて心配させる。

三洲の誕生日が、両親の実の子の命日である。

毎年、父とふたりで墓参りをしていたが、当日が無理でも予定を合わせてふたりで行っていたのだが、去年はとうとう行けなかった。父のことだ、ひとりでも、行ったのだろう。

ふと、長机に置かれた紙の束が目に入る。——名簿だ。かなりの厚みの。

三洲はひとつ、大きく、深呼吸した。

参加者全員のプロフィール、ありがたいことに顔写真付きだ。

目にした途端、気持ちがすっと立ち直る。そうだ、自分が今すべきことはこれだっ

た。自分が葉山に頼んだのだ、サマーキャンプが始まる前に全員のプロフィールを頭にたたき込んでおきたいと。どうにか見せてもらう方法はないかと。

――集中しろ。自分が言い出したことだぞ。

誰の頼みでも況してや命令されたわけでもないが、三洲の性分として、自分がつかいものにならないスタッフなどとキャンプの参加者たちから思われるのはまっぴら御免であった。

写真付きのサマーキャンプ参加者の名簿と、誰が気を利かせて入れてくれたのか、京古野邸のスタッフの名簿と館内の細かな見取り図と島の地図まで。

パイプ椅子に腰を下ろして名簿へ目を落とす。心を平らにして集中し、目にした項目を反芻しつつ次々に脳へインプットしてゆく。

「――ざっと目を通しただけで覚えられるものですか？」

不意に訊かれ、三洲は石の床を近づいてきた陣内の靴音がまったく耳に入っていなかったことに気づいた。

完全に集中するとまわりの音が聞こえなくなる。良くも悪くも。

感心している陣内の口調に、

「いえ、一目で全部が覚えられるわけではないです」

三洲は笑って答えた。——ざっと？　三洲はじいっと目を通していたつもりだが、他者からはそう見えるのだろうか。「暗記は苦手ではないですが、さすがにざっとでは無理です。そんな芸当ができるのは、崎義一くらいですよ」

誉めたわけではない。

癪に障るが、事実なので仕方ない。

陣内は手にしていた銀盆から、鮮やかなアイスグリーンティーの入った氷の浮かぶ涼しげなグラスと、白い素朴なお饅頭の載せられたデザート用の小皿を、お持たせですが、と三洲の前へ置きながら、

「そうですか、崎くんはやはり、そっち系ですか……」

静かに唸った。

天才。当時三洲にだけ告白した、祠堂学院に入学した時点で既に海外の超エリート大学を卒業していた崎義一。桁外れ（けたはず）の、笑ってしまうほどの天才。記憶力だけでなく、機転の良さも、抜きんでた発想力も。おまけに努力を惜しまない。あんな化け物に本気で挑むなど愚か者の行いだ。

けれどまあそれはそれとして、羨（うらや）ましいかどうかと訊かれたならば、羨ましくはない。

「ありがとうございます」

お茶うけとして出された白いお饅頭は、ギィが手土産として陣内へ渡したものだ。

三洲は特にコメントはしなかった。この素朴なお饅頭の意味を陣内たちがどう受け取るか、含みがあると気づくとしても気づかないとしても、関わるのは三洲の役割ではない。

これは、崎義一が仕掛けたものだから。

「参加者以外の名簿や細かな見取り図を用意してくださったのは、陣内さんですよね。助かります、ありがとうございます」

三洲が重ねて礼を述べると、

「いいえ、それは京古野からの指示ですよ」

陣内は応え、「少し、いいですか？」

近くのパイプ椅子を指す。

話をしたい、ということか。

「はい、どうぞ」

京古野に最も近い存在（スタッフ）である陣内と、ふたりきりで話ができる。それは、三洲にすれば願ったり叶ったりだった。

「悪いですね、作業の邪魔をして」

椅子へ腰を下ろした陣内へ、

「かまいません。——京古野さんからの指示、ですか？」

いきなり陣内の口から飛び出た〝京古野〟の名前にドキリとしたが、同時に、京古野からの気遣いと知り、三洲が歓迎されていない、のではない、とわかって、ホッとした。

「そういえば三洲くんが来島するときに京古野がいたことは、あまりないですね」

一度もない。——偶然(たまたま)なのか、避けられているのか。

「てっきり——」

嫌われているのかと思っていたが、「……陣内さんは、以前は乙骨の父親の秘書をなさっていたんですよね？」

高校の後輩の乙骨寄彦。

「うちのスタッフ名簿を三洲くんに独断で見せられる権限など私にはありませんので、てっきり、私の気配り（お手柄）と評価してもらえたのはありがたいですが、残念ながら、です」

陣内が微笑む。

「すみません脱線して。なにか俺に話したいことがあるんですよね？」

「そうなんです。三洲くんに相談がありまして」

陣内は申し訳なさそうに眉を寄せると、「きみの呼び方について、なのですが」

と続けた。

「呼び方、ですか？」

「その前に、よろしければ、喉も渇いているでしょうから、先ずはお茶をどうぞ」

「ありがとうございます」

お言葉に甘え、三洲はアイスグリーンティーを一口もらう。——美味しい。くど過ぎない、さりげないコクと緑の色の鮮やかさ。これには抹茶も使われているのだろうか。

「三洲くんの名字の『みす』ですが、英語の『Miss』とも聞こえますよね。ミスはファミリーネームであって女性を指すミスではありません、と、いちいち来客に説明するのも面倒なことですが、そのまま使うとなると来客から『Hey, Miss』等と、からかい交じりにきみが呼ばれかねないのではと、スタッフから指摘が出ましてね」

「……ああ。講師陣も演奏のための来客も外国の方が多いんでしたね」

「そうなんです。サマーキャンプの期間は会話は英語がメインになりますので、そのままですと、ややこしい事態になりかねません」

ミスと呼ばれた先に男性の三洲がいる。それは確かにややこしい。からかわれるのはさておき、彼は、彼女、なのか？　なにか複雑な事情が？　と、人によってはおかしな気を遣わせてしまうかもしれない。

「ということは、名字ではなく下の名前で、ということですか？」

「はい。本当に申し訳ないのですが、期間中だけうちのスタッフはきみのことを、新くん、と呼んでもかまいませんか？」

「わかりました。そういうことでしたら、まったくかまいません」

「これが海外でのイベントならば参加者同士がファーストネームで呼び合うのは普通のことですが、ここは日本ですので。ああ、とはいえ新くん呼びはさすがになれなれしいですね。もしくは母方の旧姓で、出木くんとお呼びするのは？」

「どちらでも、呼びやすい方で」

「わかりました。ありがとうございます。皆でもう一度検討してみます」

「呼び方ひとつにも気を遣われるんですね。……さすがです」

「いえいえ。不必要なトラブルを生み出さないために極力怪しそうなものは排除しているんですが、そうだ、いっそ呼ばれたい名前はないですか？　芸名っぽく、今回のみの使用で？」

愉しげに陣内が付け加える。

なにごともかっちりきっちりしっかりと責任を持ってこなす陣内だが、根は面白い人物と、三洲は承知していた。しかも破天荒。責任感の度が過ぎて、不当に軟禁されていた乙骨寄彦を家からこっそり連れ出して（救出して）仕事をクビになった過去を持つ。

陣内の通す〝筋〟。

会社に雇われているが、盲従しているわけではない。

秘書として社長に最善の道を進んでもらいたい。ゆえに、社長の選択があきらかに間違いと判断したならば、——熟慮に熟慮を重ねた上で、動く。陣内の最優先事項は、仕える人のためになるか、ならないか、だ。それは損得だけではないし、短期的な判断でもない。

会社をクビになったおかげで（？）現在はこの島を統括している。前職よりもその有能さを遺憾なく発揮できているので、結果オーライなのかもしれない。

「——芸名ですか？」

意外な提案が三洲には新鮮だった。

「芸名といえば、真行寺くんは本名のままなのですね。芸名ではないのですね」

「事務所のスタッフとして仕事していて、そのまま俳優業にスライドしたので、芸名にしそこねたのかもしれません」

「真行寺兼満、――ふむ、音の響きといい字面といい、本名が芸名のように恰好良いのでそのままスライドで正解ですね。ということで三洲くん、なにか呼ばれたい名前が思いついたら、教えてくださいませんか」

「わかりました」

新くんでも出木くんでも、かまわないが、「思いついたら、お知らせします」

「手間を増やして申し訳ない。頼みますね」

言って、ふと、「もしかして真行寺くんもそのままだとまずいのかな？　本名が芸能人っぽいって、今は本当に芸能人ですし、真行寺という音の響きは珍しいから目立ちますよね」

「ああ！　そうですね、そうでした。身バレしないよう事務所からきつく言い付かっているようですから、真行寺にこそ、今回は芸名が必要ですね」

「確かに。すみませんが三洲くん、真行寺くんに伝えてもらっていいですか。そして、ふたりとも芸名、いや、サマーキャンプ限定のスタッフネームの提出を、お願いします」

「わかりました。相談しておきます」

「では――」

と、椅子から立ち上がりかけた陣内へ、

「俺からも陣内さんに話があるんですが、あとにした方が良いですか？」

三洲は訊く。

「……話？」

訝しげに訊き返した陣内は、そのまま椅子へ座り直した。「私に？」

「はい」

三洲は頷く。すまない崎、これは崎の仕掛けだが、好機として俺は利用させてもらう。「陣内さん、このお饅頭をご存じですか？」

と尋ねた。

「さきほど受け取った、崎さんの手土産ですね。彼は有名無名に関係なく隠れた美味しい物を発見するのが上手ですから、これもさぞ美味しいのでしょうね」

陣内がにこやかに返す。――そうか、彼は、知らないのか。

「京古野さんのご実家の近くにあった昔からある和菓子屋の品です」

「――京古野の実家？」

陣内が更に訝しげに声を低くした。

身構えられたら、欲しい情報が陣内から聞き出せなくなるかもしれない。それでも、もう、話を止めることも引き返すこともできない。

三洲は覚悟を決めると、

「京古野さんと乙骨雅彦さんのことで、陣内さんに伺いたいことがあります」

と切り出した。

「シンギョージィ！」

大きな声で呼ばれて、きょろきょろと声の主を探すと、島の主な施設と施設とを繋いでいる舗装された小道の向こうから、電動カーに乗った少女のような女性が、「ねえ、アナタ、シンギョージィよね？　ハンサムさん！」

と、元気に親しげに訊く。――大声で。

それまで談笑しながら島を案内してくれていた真行寺同行のスタッフが、いきなりぴしりとその場で直立不動になり、電動カーを見詰める。

真行寺もつられて、その場で気をつけをした。

ピアニストのサツキ・アマノ。真行寺よりも年下だが、十代半ばで初めて挑戦したショパン国際ピアノコンクールで好成績（一位なしの最高位）を上げ、華々しく世界デビューを果たし、以降プロのピアニストとして世界中で演奏活動をしている。

先日、九鬼島でのCM撮影を終えスタッフやマネージャーたちと撤収の挨拶に京古野邸へ行くと、なんと、サマーキャンプの打ち合わせのために託生とギイが来島していた。大好きな先輩であるふたりに同行したくてマネージャーに頼み込み自分だけ島に残る選択をした真行寺だが、そこへひょっこり現れたのがサツキだった。

本日がそれ以来、二度めの出会いである。そしてまたしても、ひょっこりだ。

「サツキさん、シンギョージィ、ではなく、真行寺です」

律義に、そして親しげに発音を訂正した真行寺に、スタッフが鋭く目配せする。——しまった。もう始まっているのか！

っていうか、まだ他のボランティアスタッフすら到着していないのに、準備期間の真っ只中（まっただなか）で、どうして来賓が到着してしまったのだ？

「ごめん。そうよね、シンギョージィ、じゃなくて、シンギョージ、よね」

難しい表情で、言い難そうにサツキが訂正する。

初対面で自己紹介しあったときのサツキは、普通に真行寺と発音できていたような記憶もあるが、英語っぽく発音するとシンギョージィなのかもしれない。――なのか？

スタッフと、サツキのマネージャーの目と目が合う。

マネージャーの、わかりやすい恐縮した表情。

彼らは英語で会話を始め、英語はさほど得意でない真行寺でも、彼らの雰囲気が微妙なことは伝わってきた。

やがてマネージャーがサツキに耳打ちする。

サツキは、

「ええええええー」

と、これまたわかりやすく不満げに口を尖らせ、「でも、シンギョージィは、島にいるじゃない。ゲストなのに」

と、日本語で言う。

「彼はゲストではありません。サマーキャンプのボランティアスタッフです」

スタッフが説明すると、

「え!?　ボランティアスタッフ!?」

サッキが驚く。「でも、だって、あなた、スターでしょ？　スターなのに？」

「や、スターではない、っすけども、あの、これも演技の勉強になるので」

「そうなのぉ？　……もう」

参ったなあ、と、サツキが顔に書く。表情が豊かなので感情がとてもわかりやすい。

「ねえタクミは？　タクミもう来てるのよね？　彼はサチ・イノウエのスタッフですものね、当然よね？」

タクミと口にするときの彼女の表情。――わかりやすい。とても。

「はい、いらしてます」

「じゃあ、せめて挨拶だけでも。いいでしょ？」

サツキがマネージャーに訴える。

マネージャーははっきりと渋い顔を作り、

「No way, That's out of the question」

と、真行寺にでもわかる英語でサツキのリクエストを却下した。

「せっかく島まで来たのに？　戻るの？　タクミに挨拶すらさせてくれないつもり？」

マネージャーが早口でなにか言う。

　サツキはまたわかりやすくむくれて、

「邪魔じゃないもん」

　ぼそりと言った。「タクミだったら絶対に、遠路はるばるよく来たねサツキ、って、大歓迎してくれるもの」

　スタッフがマネージャーになにやら告げる。

　頷いたマネージャーはサツキへなにやら伝える。

　サツキはむくれたまま、だが、

「わかったわよ。戻ればいいんでしょ、戻れば」

　そして真行寺へと、「サツキがすっっっごく会いたがってたってタクミに伝えてシンギョージィ。お願いね！」

　言い残し、Uターンした電動カーにおとなしく揺られて船着き場へと向かった。

　電動カーがちいさくなってゆく。と、

「シンギョージィ……」

　スタッフがぽつりと繰り返す。「っぷぷ、いいですね、シンギョージィ」

「わ、笑ってますけども、俺、シンギョージィじゃなくて真行寺っすから！　真行寺！」

これが、シンギョージィ転じて「ジョージィ」と、真行寺のスタッフネームが決まるきっかけとなったサツキ事件（？）であった。


初めて走る道だというのに、迷うことなくハンドルを切り続けるギイへ、

「……まさか崎、日本全国の道路の地図も頭に入ってるとか、言わないよな」

さすがにぞっとしないぞ、それは。

「そんな、面白くなさそうに言われてもだな、三洲」

ギイは前を向いたまま、「初めて行く場所への道順くらいは、前以て覚えておくさ」

カーナビも使うが、覚えた方が確実だ。

特に記憶に残そうと努めなくとも地図で場所を確認している間に覚えてしまうが、完璧にとは言わないまでも、誰でも大なり小なり覚えるだろう。

「崎、あと、どれくらいかかる？」

「小一時間」

「そうか」

よもやまさか、あの崎と、崎の運転するクルマで、ふたりきりで出掛けるなどと、しかも三洲が、自分で言い出した結果こんなことになろうとは、人生とは奇々怪々である。

数え切れぬほどの仕事のすべてをリタイヤして、恋人の葉山託生との生活を送りたいがために日本へ来た崎義一。だがこの男の無職は、まったくもって無職ではない。言葉のまま額面どおりに受け取ってはいけない。

「京古野夏さん、とは、どのような人だったんだ？」

小一時間あるなら、多少の雑談はかまわないだろう。

「日本画風の美人で——」

「いや、外見の話ではなく」

「旧家の京古野家の養女で、息子の嫁になるはずの人で、ところが九鬼泰介に見初められ、泰介が強引に結婚話を進めてきただけでなく、当時金銭的に非常に困窮していた京古野家は多額の援助と引き換えに夏さんを嫁に出したんだ。その時点で、京古野耀は京古野の跡継ぎとして誕生している」

「——つまり？」

「京古野さんの今の母親は育ての親の可能性が高い。産んだのは夏さんだろう」

「実の母親があの島で亡くなっているのか?」

「証拠はないが、京古野さんはおそらくそう考えている、と、オレは思う」

「母親が亡くなった島を、買ったのか?」

「京古野さんにとっては九鬼島が、まるっと、母親の墓なんじゃないか?」

「……供養のために?」

「じゃ、ないのかな、と。——証拠はないけど」

「事故で亡くなったんだよな、物見の砦の崖から落ちて」

「さあ?」

ギイは曖昧に首を傾げ、「ミヨさん、三洲の祖母の、彼女の婚約者だった啄馬さんも、あの崖から落ちて亡くなっているんだが、——事故死って聞かされてるか?」

「ああ」

「……三洲、その説明、信じてるか?」

「……どうかな」

「ミヨさんは?」

「わからない。今更疑ったところでどうにもならないし、事故が多いなら、それはそういうものだろう。でも祖母も多分なにかがひっかかっているんだろうな、とは、感じる」

「わざわざ九鬼島が見える施設に入居したんだものな、なにもないわけがないよな」

「祖父への愛情とは別の、結婚を約束した初恋の人への想いはあるだろうけど、——でもな」

「三洲。オレが勝手に想像している最悪のシナリオ、聞く気ある？」

ギイの問いかけに、

「ある」

三洲は即答した。「最悪のシナリオだな？　ぜひとも聞かせてくれ」

ギイと、ギイの幼なじみの井上佐智は、幼い頃、今は亡き九鬼翁にたいそう可愛がられており、九鬼島へも何度も遊びに訪れていたのだそうだ。深い親交があっただけでなく、驚異の記憶力の持ち主でもあるギイ、おそらく誰よりも在りし日の九鬼家について詳しい。

「よし」

ギイは大きく頷いてから、「啄馬さんも夏さんも、殺されたとする。理由はひとつ、邪魔だったから。啄馬さんは正義感の強い好青年で、評判のよろしくない父親の仕事の方針を変えようとしていた。九鬼家がどんなことをしていたかは、あの抜け道でだいたいの想像はつくだろう。九鬼翁本人はどうだったかは知らないが、啄馬さんの代になったならば事業は先細りと危惧し、懐柔できないのならばいっそ、という者が周囲にいた可能性はあったと思う。しかも啄馬さんはミヨさんと結婚しようとしていた。啄馬さんの血筋で子孫繁栄されてはたまったものではないと。都合の良いことに啄馬さんには年の離れた弟がいて、まだ幼い弟を九鬼島の当主として相応しい男に育てるという計画を企てたのかもしれない。その弟、泰介さんが、夏さんを強引に自分の嫁とし、夏さんとお腹の子を死なせ、――あれが事故でないとしたら亡き者とされたことになる。ただ、啄馬さんのときと同じ者たちの仕業とは、時代が移っているので考えにくい。――強奪するように夏さんと結婚したにもかかわらず、何人か愛人を作っていたそうだから、もしかしたら夏さんの妊娠を知った誰かが、嫉妬や憎しみのあまり、崖から突き落としたのかもしれない」

「――はは。ひどいな、本当に最悪のシナリオだな」

「まだ続くぞ。突き落とした誰か、おそらく愛人のひとりだろう、それは、その頃よく九鬼島へ遊びに訪れていた、十代の少女だった嘉納華世かもしれない」

「かのう、はなよ？」

「乙骨雅彦さんの母親だよ」

「――っ！」

三洲は息を呑んだ。ここで、乙骨雅彦の名前が出るとは。

「華世さんは泰介さんの愛人だった。夏さんが亡くなってからは恋人かな。常に複数の女性をはべらせていたそうだから、恋人という表現が相応しいかはわからないが」

「なのに、乙骨雅彦の父親と、結婚したのか？」

「乙骨幹彦さんはどこかのパーティーで見かけた華世さんに一目惚れして、乙骨家と嘉納家で婚姻を進めたんだ。双方の親は乗り気だ、なにせ家柄が釣り合う。華世さんは泰介さんに捨てられた直後だった。いつも心ここにあらずという風情の美貌の女性で、儚げで頼りない、記憶力も判断力も常にぼんやりとした人で、ただ、幹彦さんと結婚してからは安定して、しあわせそうだったよ。実際にしあわせだったんじゃないかと思う。なにせ幹彦さんは、華世さんのことも雅彦さんのことも深く深く愛していたからね」

「でも雅彦さんは実の子どもではないんだろ。死後、それが明らかになったのはさておき、生前に父親は、そのことを疑ったことはないのか？」

「オレは、幹彦さんは知っていたと思うよ」

「――そうなのか？」

「捨てられた華世さんを、彼女の過去もお腹の子もなにもかもひっくるめて、嫁として迎えたかったんだろう。そこまで覚悟を決めて、結婚したのさ。だから、結婚生活にはこれっぽっちの問題も起きなかった。彼にとって想定外だったのは、雅彦さんが社会的な独立を果たす前に自分の寿命が尽きてしまったことだろう。亡き後の、雅彦さんに対しての親族たちの振る舞いを、彼は今頃どう思っているんだろうな」

親子でないと承知で、深く深く愛していた——。

三洲の目の前に父の顔が浮かんだ。

……父さん。

「崎、雅彦さんの本当の父親は、九鬼——？」

「ああ。オレも、九鬼泰介だと思う」

「だとしたら、——だとしたら京古野さんは、実の母親を奪われた揚げ句、奪った男の愛人に母親を殺され、その男とその女の間にできた子どもが、島で預かっていた乙骨雅彦さん、だったかもしれない、ということか？」

「かも、しれない」

「それで——」

三洲は、自分を落ち着かせるようにゆっくり呼吸を整えると、「その乙骨雅彦と、俺が、どうしてそっくりなんだ？」

と、訊いた。

ギイは黙る。

「似てるだろ？　似てるよな？」

「……ああ」

渋々と頷いたギイへ、

「そうだ写真は？　九鬼家の家族写真とか、残ってないのか？」

「九鬼翁の館に残っていたものはとっくにすべて処分されている。他は、わからないな。少なくとも崎家にはない」

「……崎は、子どもの頃に一度くらい会ったことがあるんだろ？　崎のことだ、今でもはっきりと覚えているんだろう、その男の顔を。俺はそいつに似てるのか？」

高校時代にDNAの話が出たとき、実子ではないという三洲の事情をギイはもちろん知らなかったし、――あの会話を交わした時点では三洲本人も知らなかったし、三洲と雅彦は似ても似つかなかった。

あの頃の雅彦は母親似で、三洲は家族の誰にも似ていなかった。強いていえば、おばあさまのミヨさんに似ていると陣内に言われ、社交辞令と三洲は受け取ったのだが、実際にもその通りだった。社交辞令などではなく、三洲はミヨと一緒にいて誰の目にもちゃんと血の繋がった祖母と孫に映っていたのだ。

他人の空似ということもある。

血の繋がりはなくとも、常に一緒にいると、長年連れ添った夫婦が似てくるように、それはそういうもの、なのかもしれない。

だが。

——調べるしかないのかもしれない。

「崎、今からでも調べられるか？」

「調べる？　なにをだ？」

「俺の遺伝子」

「ってか三洲、医大に通っていたときに調べているんじゃないのか？　最も身近なDNAサンプルだろ？」

「実子じゃないと聞かされているのに、しかも母にすら秘密なのに、実習のための数をとるのに家族や親族からサンプルをもらったとして、それに自分のを合わせて調べるわけがないだろう？　家族の崩壊の危機を招くような、そんな展開はお断りだ」

「ふむ、確かに」

あの頃は、自分の正体を知りたくなかった。

どこの誰でも関係ない、自分は〝三洲新〟だと、盲信していたかった。

「雅彦さんが乙骨家の血筋でないと判明した、その鑑定、崎の関係の会社がやったのか？」

「……ああ」

「俺のと比べられるか？」

「非合法でならな」

「──非合法か。そうか、だよな。……そうか、勝手にできないな」

「うちの系列の会社が受けた仕事だからって、その分析データをオレの一存で自由にどうこうできるわけじゃないが、雅彦さん本人の許可があれば、もしくは雅彦さんから新たにサンプルがもらえれば、調べ放題だな」

「だが雅彦さん、ヨーロッパにいるんだろ。──サマーキャンプに参加するのか？」

「いや、参加しないよ。彼はヨーロッパから戻ってくる気はない」

雅彦のガーディアンも、それを許さない。

「ならばどうやって？」

「ヨーロッパへうちのスタッフを送って、サンプルを採って持ち帰る。もしくは向こうで鑑定してデータを送ってもらう。多少の日数はかかるが、間違いがない」

「──うちのスタッフ？」

「あ、もう、うちのじゃないな。つい癖で」

「──悪い。そうか、巻き込むことになるのか」

「巻き込む？」

「その……、雅彦さんは、父親がひどい男と判明しても、いいのか？」

「どうかな？　雅彦さんがなにを考えているのかが、いまひとつ周囲にはわからないからな」

母親の華世ほどではないが、雅彦もまた、ふわふわと浮世離れしている。

「……また、泣かせることになるのは、……避けたいんだが」

従兄弟の乙骨寄彦に似ていないと、三洲のなにげない感想を耳にしただけで彼は泣いた。簡単なきっかけで泣くような人だったかも、三洲にはわからない。あの一言が彼にとってよほどのことだったのか、ただタイミングが合っただけなのか、それも、わからない。

「どのみち、始めてみないことにはなんともな。まずはオレが雅彦さんへ話を通す。拒否されたら雅彦さんに関しての話は終わりだ。それでもいいか？」

「ああ、もちろんだ」

雅彦の素性を暴きたいわけではない。誰かを傷つけたいわけでもない。「俺が知りたいのは俺が生まれた理由だ。――どうして産んだのか。違法行為であれ、殺したくなかったから、俺は実子として受け渡されたわけだろ」

福祉施設の前に捨てられていた可能性もある。だが生みの親が選んだのは、施設行きではなかった。

どこの誰の手に渡るのか、犯罪の片棒を担ぐことになるかもしれないし、手放してしまえば追跡ができない、その瞬間からもう二度と永遠に会うことはかなわない、我が子だ。

二度と会えなくてかまわないと、そういうことだ。

殺したくなかったから。だがそれは、生きていてもらいたい、と、必ずしもイコールではない。単に、自分が、自分の手では、殺したくなかっただけかもしれない。

自分では実現が不可能だからとしあわせを願って他人に託したのか、とにかく困ったから他人に処理を押し付けたのか、それすらもわからない。

果たして自分は生まれてきて良かったのか？　この世へ。

望まれていたのか？　この世界に。

ただの、受け取り手のいない郵便物ではなかったのか？

ポストへ投函(とうかん)されて、そのまま、受け取り手が存在せず、システムの中をただ彷徨(さまよ)う、そういう存在ではないのか？

誰も自分の誕生を望んでいなかったのでは？

少なくとも雅彦は、本当の父親が誰であろうと彼の父は雅彦の誕生を待って待って、生まれてきたことを誰より喜び、深い深い愛情を注いで育てたのだ。

三洲はきつく目を閉じると、拳(こぶし)で、とん、とん、と、こめかみを叩いた。

泣きたくない。

自分の出自を嘆きたくない。

父も、祖母も、血の繋がりがないと承知で、三洲を息子として孫として、間違いなく、愛情を注いで育ててくれた。

「……引き返す、べきかな」

もしかして自分は取り返しのつかないことをしようとしているのか？

ここまで来たが、知りたいというだけで突き進んでいいものなのだろうか。

この先、誰をどんなふうに傷つけるかわからない。既に三洲はもう何度となく、ひやりとしている。

「迷うなら、オレは無理にとは言わない。DNAの鑑定の話も、聞かなかったことにするよ」

　ギイは敢えて前を向いたまま、助手席の三洲を見ないようにして、静かに付け加えた。

　――だが。

「三洲がそんなだと、真行寺が泣くぞ」

　この世に三洲新がただ存在していることを、この世の誰よりも〝幸福〟と感じている真行寺兼満。三洲にとってのガーディアンだ。

　誰しも過去は変えられない。失敗も、後悔も、手を抜いたなら尚のこと、全力を尽くしても玉砕する、それら全部変えられやしない。

　ただその過去を踏まえてどうするかは、オレたちの、今の、問題だ。

　今、この手の中に、選択する権利と責任がある。

　三洲はどうしたい？

　曖昧なままこの先を生きていくのか？　それとも――。

「京古野さんと乙骨雅彦さんのことで、陣内さんに伺いたいことがあります」

覚悟を決めて三洲が切り出すと、陣内はやや目を見開き、そして、

「私が知っていることはさほど多くはありませんが、それでもよろしければ」

と、返した。

「ありがとうございます」

エアコンの温度は一定に保たれているはずなのに、室温が、下がった気がした。緊張しているのかもしれない。「陣内さんは、祠堂の後輩の乙骨の、乙骨寄彦の父親と、仕事をしていらしたんですよね？　雅彦さんの父親とも、仕事をしたことがあるんですか？」

「いいえ、幹彦氏の会社とは別グループでしたから、お会いしたことは何度もありますが、仕事をしたことはありません」

「俺が初めてこの島を訪れた高校三年生の夏に、陣内さんは秘書の仕事を辞めて、ここに転職なさったんですよね？」

「やらかしましたからね、クビは、致し方ありません」

陣内が自嘲の笑みを漏らす。

「京古野さんは、どうして雅彦さんを、島に置いていたんですか？」

「大学で、桜ノ宮坂音大ですね、雅彦さんの伴奏を京古野が担当していたので、——一介の学生の伴奏を教授が担当するなどと異例中の異例なことですが、そこは、まあ、雅彦さんの存在が大学で特例でしたので通った話といいますか」

「雅彦さんは、ここへ、逃げ込んで来ていたんですよね？」

「そうです」

あっさりと頷いた陣内は、「おかげで乙骨家としては随分と助かっておりました。京古野氏に任せておけば、この島に預けておけば安全と、皆が思っていたようです」

「……安全」

「ですが、様相は変わっていたようですね。それにまったく気づかぬまま、乙骨家はある意味、雅彦さんを放置していたわけです」

三洲も会ったことがあるだろうが、京古野さんの婚約者だった典令穂乃香さんが、おそらく最初に気づいた人物だ、京古野さんの異変に。

耀クンの、マッピーに対する態度が変わった、と。——急に冷たくなったと。

島で雅彦さんを預かるようになったどこかの時点で、京古野さんは知ってしまったのかもしれない。雅彦さんの本当の父親のことを。

もしそれが事実だとしたならば、なんと因縁めいたことか。雅彦さんは、巡り巡って自分の家へ帰って来たことになる。

そして、およそひとりでは生きていけそうにない目の前の脆弱な青年は、母の仇の息子かもしれないのだ。

「……雅彦さんの実の父親が誰であるかは、乙骨家では把握されているんですか？」

「いいえ。幹彦氏とは親子関係にないとの遺伝子判定がなされましたが、では誰の息子なのかなどと、そのようなことまで遺伝子の鑑定でわかるはずがありませんから。——すみません、医師である三洲くんには釈迦に説法でしたね」

「いいえ。医師ですが、俺は遺伝子の専門ではありませんから」

それでも、Y染色体の遺伝子検査により、父親を含む一族の男系男子に、息子である雅彦が含まれるかどうかの判定の確実さは、理解している。

「華世夫人が結婚前につきあっていた恋人たちのうちのどなたかであろうことは容易に想像がつくのですが、ご本人は雅彦さんは幹彦氏の息子だと今でもおっしゃっていますし、結婚前の彼女は随分と年上の男性が好みだったようで、あいにくと、既にどなたもご存命でなく、男性側からの証言もいただけません」

「――調べようがないと?」

「いえ、調べる手立てはありますが、乙骨家としては雅彦さんの実の父親が誰であってもかまわないのです。乙骨家の血筋でないと判明すれば、それだけで充分ですから」

「調べる手立てがあるんですか?」

「ご本人たちは亡くなられておりますが、子孫の方々がいらっしゃいますので。男系の男子にご協力いただければ、わかるかと」

「それはそうですが……」

現実には無理な話だ、そんな協力に誰が応えるのだろうか。

「ですが、それとて、華世夫人の恋人として把握されている方々の中に該当者がいなければ、結局、雅彦さんの父親が誰なのかはわかりません」

そうなのだ。

そこで途絶える。

三洲は質問を変えた。

もうひとつ、ずっと気になっていたこと。

「陣内さん、雅彦さんはここへ逃げ込んで来ていたのに、どうして今は、いないのですか？」

九鬼島が雅彦さんにとってどこよりも安全だっただけでなく、雅彦さんは京古野さんが好きだった。――ずっと恋をしていたんだよ。

それを京古野さんは気づいていて、ずっと、気づかぬふりをし続けていた。

なあ？　どちらにも辛いことだよなあ。

「天の岩戸から、みごとに連れ出した人がいまして」

また陣内が笑う。今度は、にっこりと。「驚きましたよ。あの雅彦さんが懐いたといいますか、心を開いた人が現れたんですよ」

「乙骨寄彦、ではなく？」

「もちろん寄彦さんにも心を開いていましたが、別人です。少しややこしいのですが、とある演奏家を支援しているとある国の貴族のそのご友人の息子さんで、最初は嫌々この島にいらっしゃったんです。クラシック音楽にはまったく興味がないそうで」

「もしかしてフランスの方ですか？」

「はい。――ご存じでしたか？　でしたら話は早いですね。最初の滞在は一週間ほどでした。毎日、朝から晩までつまらなそうな表情をなさってて、うちのクルーザーで横浜や都内へと遊びに出たりしてらっしゃいました。帰る直前に、初めて雅彦さんとの接点がありまして。ようやく人見知りしつつも彼らの前でフルートが吹けるようになったので、最後の晩餐で演奏を披露したのです。そこからですね、毎月のようにいらっしゃるんですよ。しかも、おひとりで」

「雅彦さんのフルートに惹かれたと？」

「全部ですか。演奏にも、雅彦さん本人にも。さすがにあんなに足繁く通われたらですね、あの雅彦さんでも人見知りしなくなりますし。ただ言葉は通じないんです。雅彦さんは日本語しかしゃべれませんでしたから。ですが関係ないものですね。一緒に勉強しよう、という、いかにもフランス人の若者らしいデートの定番の誘い方で、雅彦さんにはデートのアプローチとは伝わっておりませんでしたが、実際に会話の勉強をしてました。あちらがカタコトの日本語を駆使して雅彦さんとコミュニケーションを取ろうとするので、雅彦さんも、フランス語を頑張るわけです。カタコト同士、とても楽しそうでしたよ。そのうちに彼が雅彦さんをクルーザーであちらこちらへと連れ出すようになり、ついには、日本からも連れ出してしまいました」

「……そうだったんですか」

「彼はたいそう評判のよろしくない青年で、浮気性というんですか？　落ち着かないタイプだそうで、前以て聞かされていたので私としても慎重に見守っていたのですが、もしかしたら、運命の人に出会っていなかったからなのかもしれませんね」

「――運命の人、ですか？」

「失礼。少しロマンチックな表現に過ぎましたね」

「いいえ。いえ、そうなのかもしれませんね」

ネット動画の雅彦は輝かんばかりの笑顔で、雅彦をエスコートするようにして寄り添っていた男の目には雅彦しか映っていないようだった。

愛されているのだな、と、感じた。

「では話を少し前に戻しまして。三洲くん、この素朴なお饅頭は、京古野とどう関わりがあるのですか？」

陣内の冷静な問い。

一瞬にして、さきほどまでの楽しげな様子は消えていた。

「それは京古野夏さんの好物だそうです」

「京古野、なつ？」

「九鬼泰介さんに嫁いだ、夏さんです」

「――ああ」

陣内は大きく頷く。

そして、真顔で三洲を見る。

三洲の胃が、きゅうっと竦んだ。

しばしの沈黙ののち、

「あと、雅彦さんに関して私が知っているのは、そうですね、荷物を全部この屋敷に残して出て行かれた、ことくらいでしょうか。身ひとつで、ヨーロッパへ旅立たれました。今となっては唯一の父親の形見ともいうべきフルートも、置いていかれましたよ」

「……フルートを？」

「ここに残しておいてくれという意味なのか、もう必要なくなったので捨てていかれたのか、書き置きも伝言もなかったので真意は不明ですが、京古野は、すべてを保管するように私たちに指示しました。ですので、イベントの都合で部屋は移しましたが、室内にあった雅彦さんの荷物はすべて、そのままお預かりしています」

「京古野さんは、雅彦さんの荷物を、どうして……？」

「理由は存じません。私情を挟んでよいのであれば、私としては、荷物はすべて嘉納家へ送るべきと考えますが、主の指示には従わなくてはなりませんから」

淡々と語る陣内に、三洲は、人当たり良く愛想の良い陣内の本質を垣間見た気がした。

ハウス・スチュワードの陣内さんもマネージャーの榊さんも、筋金入りの〝京古野耀至上主義者〟だからな。ふたりとも見た目は紳士だが、中身は屈強のガーディアンだ。

三洲、くれぐれも、話の運び方には気をつけろよ。

伊達に長年財閥の社長秘書をしていて、伊達に反旗を翻し、伊達にクビになっていないからな、陣内さんは。

おそらく三洲と京古野さんは利益相反の関係だが、そしてそれは先方も薄々気づいていそうだが、それはそれとして、――引くなよ。

もし雅彦が九鬼泰介の息子ならば、この島を祖父の遺産として受け継ぐ権利があるのかもしれない。

だが今更そんな話が通るのだろうか。

戸籍上は九鬼家と雅彦にはなんの繋がりもない。九鬼泰介が息子として認知しているわけでもない。だがＤＮＡによってふたりに親子関係が証明された場合は、どうなるのだろうか。

「――陣内さんは、島から雅彦さんがいなくなって、良かったと思っていますか」

雅彦という障壁。

「正直に申し上げて、良かったと思っていますよ。雅彦さんのためにも、京古野のためにも」

ようやくこの島が京古野にとって安寧の場所となった。

多忙が理由だけでなく、雅彦の存在が京古野の足をこの島から遠ざけていた。この島は彼の家なのに。安住の地となるはずの場所なのに。

雅彦に悪意はない。彼はただひたすらに、京古野と、この島を、必要としていただけだ。

それらを理解し、雅彦を避けることで彼に居場所を与え続けた京古野の優しさが、陣内は不憫でたまらなかった。

どこが限界点だろうか。

危惧が募る。

いつか耐え切れなくなったとき、──京古野を犯罪者になど絶対にしない。

雅彦の身を案じているのではない。京古野を、守りたいのだ。

「京古野さんも、良かったと、思っているのですか」

「それも存じません。そのような立ち入った質問は、私は主にはいたしません」

陣内はぴしりと弾く。

「……もし」

自分が、自分も、九鬼泰介の息子だとしたら──？

言いかけたが、その先を、三洲はどうしても言葉にできなかった。

権利を主張したいわけではない。違うのだ。事態を悪化させたいわけでもない。隠された過去を、人々の罪を、暴き立てたいわけじゃない。

ここでのボランティアを続けたい。

せっかく真行寺が三洲のためにと誘ってくれた。機会を作ってくれた。真行寺と同じ場所で働くことなど、今後、二度あるとも思えない。

真行寺と働いてみたかった。

──ああ。自分は、失いたくないものを、壊してしまいたくないものを、今は、持って、いるのだな……。

おそらく三洲と京古野さんは利益相反の関係だが、そしてそれは先方も薄々気づいていそうだが、それはそれとして、——引くなよ。

だが引き際も見極めろ。——壊すなよ、三洲。

なにより。

壊れるなよ。三洲。

「——もし？」

促す陣内へ、

「いえ」

三洲は短く否定して、「夏さんの好物を供えたら、夏さんが喜ぶだろうなと崎が言い出したので、足を延ばしてそのお饅頭を買いに行きました」

「そうだったんですか……」

陣内は深く頷いて、素朴な白いお饅頭に目線を落とす。「それは、私たちも、心していただかなければなりませんね」

三洲の疑心に反して、京古野は三洲がボランティアとしてこの島に滞在することを拒んでなどいなかった。

むしろ三洲のために手厚い資料を陣内に手配させていた。館の他のスタッフも、三洲の名字による混乱を避けるために呼び方の検討をと気遣ってくれていた。

壊したくない。

知りたいのは、自分がなぜ生まれたのか、だ。

——どうして産んだのか、だ。

それだけだ。

「一度、歩いてみたかったの。でも足には自信がなくて」

出木ミヨは、孫の新と孫の友人たちの顔を順に眺めて、「これだけエスコートしてくれる若者たちが一緒にいてくれたら、心強いわ」と、柔らかく笑った。

理想としては干潮時に伊豆半島から九鬼島まで歩いて渡りたい、トンボロ現象で露わになった海底の白い海の道を。

だが実際には海の道のゴールである九鬼島の北側の門、海から延びる高い岸壁の上にある、分厚い鉄製の門までの長い長い階段、常に海水で濡れている凸凹したぬるぬると滑りやすい石の階段の、上り下りを想像するだけで挫けそうであった。

「ミヨさん、無理せずのんびり行きましょうよ」

ギイがにこやかに提案する。「サポーターはこんなに控えていますから」

老いた足では、まずは門から海底まで下りるだけでも一苦労であった。

干潮時のみという限られたタイミングで海底が現れるので、時間との戦いでもある。

幸いにして階段の横幅がかなり広いので、三人で並んでも大丈夫だった。ミヨの右手をギイが、左手を三洲が取って、支えながら慎重に階段を下りてゆく。

「いざとなったらオレ、お姫様抱っこ、行けますから」

冗談とも本気ともつかないギイのセリフに、

「はい！　俺もっす！　楽勝っす！」

露払いよろしく先頭をゆく真行寺が、振り返って絡む。

「おい、張り合うな真行寺。ちゃんと前を、足元に注意して歩け、危ないだろ」

三洲の愛ある叱責に、

「っ！　はいっす！」

真行寺は急いで向きを変え、だがさすがの運動神経ですたたたと足元の悪い階段を駆け降りてゆく。そしていち早く海底に降り立ち、「うーみーのーそーこー、到着！」

と、バンザイした。

「あの俊敏さ。高校時代となんら変わってないな真行寺。——足のケガで剣道を諦めた人間にはとても見えないよ」

ギイが唸ると、

「剣道でてっぺんを目指すのは難しいが、普通に俺たちより運動機能は優秀だから」

しれっと三洲が（惚気か？）言い返す。

みんなの後ろを、運動機能にも運動神経にも自信がない託生は会話に口も挟まずにマイペースでついてゆく。話をしていると足元への注意が疎かになりそうで、怖くて、階段を下りることのみに集中する。

海底に自分の足で立つ。

それも、ただの海底ではない。ここは相模湾の底であり（浅瀬だが）、つまりは太平洋の底である（浅瀬だけれどどね）！

それはもう、興奮する出来事である。

高校時代に伊豆半島から島へ歩いて渡ったことのある託生でも、これが何度目だとしても、やはり興奮する。

全員が海底に到着し、ふう、と、一息吐く。

「そうだ。真行寺くんのＣＭも見たわよ、とても恰好良かったわ。ＣＭで使われていたのは、ここ？」

ミヨの問い掛けに、

「そうっす。カッコイイとか、照れ臭いっすー」

真行寺は照れ照れで答える。

「ますます身バレ注意だな真行寺、気を引き締めろよ」

三洲の冷静な指摘。途端に真行寺はぴしりとして、

「はいっす！　そ、そっか、気をつけないとだ」

なぜかきょろきょろと周囲を見回す。

「まだ大丈夫だよ真行寺くん、サマーキャンプは明日からなんだから」

託生が笑う。

「そ、そか」

真行寺は胸に手を当てて、「ちょっとホッとしたっす」

と、笑う。

夏の日差しのような眩しい笑顔。——芸能人の笑顔であった。

「——まずいかも。真行寺くん、笑うと、きらきらが弾けるよ」

託生は咄嗟に三洲を見る。

三洲のために、三洲と一緒にボランティアスタッフとして働きたいがために、真行寺はここにいるのである。

「バレたら即帰宅だな、真行寺」

三洲がからかう。——楽しげに。

肩の力の抜けているゆったりとした三洲に、託生もほっと、安心する。

潑剌としていないアラタさんを心配し、なんとか元の潑剌としたアラタさんに戻ってもらいたいという真行寺の願いは、〝三洲〟と〝潑剌〟がどうしても結びつかない託生には今ひとつ理解できなかったのだが、なんとなく、わかった。

なにかが解決したのかもしれない、三洲の中で。

目の前の三洲は、高校生時代に同じ部屋で寝起きした、あの三洲だった。

「……あれ？　サマーキャンプが始まる前に解決しちゃったってこと？」

託生の呟きに、

「かもな」

こっそりとギイが相槌を打つ。

ミヨは三洲と真行寺に両手を引かれ、海の道から岸壁に沿って波打ち際まで歩いてゆく。物見の砦の付近まで。

かなりの距離があるので、さすがに干潮時でも完全に近づくのは無理である。だがミヨは、初めて崖の下に、恋人が亡くなった場所に近づくことができたのだ。

生まれ育った島で、物見の砦の危険性を誰よりも知っている青年が、崖下へ落ちて亡くなった。事故かどうかの真相はわからない。ただ、その場所を間近に見られて、その現実を、何十年も経って、ようやく、ミヨは受け止めることができた気がした。

崖下を見詰めながら、三洲と繋いだ手に、ミヨはきゅっと力を込めた。

三洲ははっとミヨを見下ろして、――そっと握り返す。


「ばーば、ごめん、俺、ずっと黙っていたことがある。知ってるんだ、俺が父さんと母さんの本当の子どもじゃないこと」

ミヨに訊きたいことは山ほどあった。いったいどこの医療機関でそのような違法行為をしたのか。どこの誰が関わっていて、ミヨは本当に三洲の産みの親を知らないのか。等々。

「それと、もうひとつ報告があるんだ。ばーば、俺に兄弟がいた。俺の誕生日に亡くなった義理の兄弟ではなくて、母親違いの、血の繋がった兄が、いたんだ」

母が誰かはわからない。けれど父親はわかった。

そして自分にも、血の繋がりのある人がいた。

決して自慢できるような血筋ではないが、でも、自分はこの世にひとりきりではなかった。ちゃんと、繋がっている人がいた。

ギイがフランスへ派遣したスタッフだが、雅彦本人はＤＮＡの提供を快諾してくれたのに、雅彦のガーディアンにたいそう警戒され、なんとも強固な妨害に遭ってしまった。そこでギイが知恵を巡らせ、京古野邸に残されていた雅彦のフルートの、フルート本体ではなくケースの中に残されていた、フルートの管内やボディを掃除するためのガーゼやクリーニングスワブに付着していた（乾燥していた）唾液からＤＮＡを採取することにした。

鑑定の結果、雅彦に血の繋がった異母兄弟の弟がいたことに、それがあの、初対面で雅彦を泣かせてしまった三洲新だったことに（珍しくも雅彦は、泣いたことも、三洲のことも覚えていた）、父親が誰かという質問はいっさいなしで、嬉しい、と、喜んだ。

いつか会いますか？

との、ギイからの問いに、

わからない。

と、雅彦は答えた。

弟がいるとわかったのは嬉しい。でも、会いたいかどうかは別の話だ。わからない、という正直な、嘘をつけない社交辞令も言えない、それもまた雅彦らしくて、ギイは、会いたくなったらいつでも連絡してください、と、伝えた。

子どもなど欲しくなくて、産みたくもないが臨月で出産せねばならなくなって、後腐れなくできるだけ罪の意識の少ない方法で、赤ん坊を処分する。

三洲が思う、最悪のケース。

もっとひどい現実だったのかもしれない。

でも、たとえそうだったとしても、三洲には、実子でないと承知で愛情深く育ててくれた父と、可愛がってくれた祖母がいる。

「俺を、孫として、もらってくれて、ありがとう、ばーば」

三洲の言葉に、ミヨはぽろぽろと大粒の涙を零した。

たくさんのごめんなさいと、たくさんのありがとう。そして、去年の命日に、実は、三人で墓参りに行ったことを打ち明けてくれた。

三人。ミヨと、父と、母だ。

誰が母に真実を話したのか尋ねると、実家に近寄らなくなった息子の異変に、ただ事でなさを感じた母が父に詰問したのだそうだ。

真実を知った母のショックの大きさは相当なもので、けれどそれで合点した。母の中で、ようやく答え合わせができたのだ。

メールだけを送り合った日々、三洲は、母はなにも知らないと思っていた。母からのいつも通りの気遣いの言葉は、まったくいつも通りではなかったのだ。

あーくん、どんなに食欲がなくても、ご飯はちゃんと食べるのよ。いいこと？

三洲の体のことを誰より把握している母ならではの——。

「今年は四人で、お墓参りに行きましょうか」

微笑んだミヨへ、

「いえ、ばーば」

三洲も心から微笑んで、「真行寺も誘って、五人で行きましょう」

と、提案した。

祖母と繋いだ手の先に、真行寺がいる。——まるで三洲を明るい陽の光の下へ導くように。

祖母を挟んで横並びで繋がっている。

繋がれた祖母の手が温かい。

……ああ、生まれてきて良かった。

「せっかくだし、みんなで挨拶する？」

託生が言う。

崖下へ向けて、九鬼家馬に、夏に、そして夏の子に、魂安らかであれと祈りを込めて、皆で手を合わせる。

「三洲、――じゃない、新くん、そろそろ上へ戻ろうか。潮が戻ってきてるから」

海面を示したギイがスッとミヨの手を取った。――スマートなエスコートっぷりである。

波打ち際のラインがさきほどより少し高くなっていた。

「崎に〝新くん〟とか呼ばれるの、まったくもって、ありえないな」

憎まれ口を叩きつつ、三洲も祖母の手を引いて石段の元を目指す。

「お？　じゃあ、なににする？　真行寺はジョージィ、だもんな？　三洲も名字から取って、ミッスーとかにするか？」

「はあ？」

三洲はあからさまに不機嫌そうに顔を顰めて、「真行寺のジョージィもどうかと思うが、ミッスーも相当ひどい。だったら崎はサッキーだし、葉山はハヤーマだろ？」

「ハヤーマ？　それ、ぼく、普通に呼ばれるよ。ミスター・ハヤーマ」

三洲の不機嫌に耐性のある託生が、あっけらかんと笑う。

――ほら、こういうところだよな。

三洲はじっと託生を見る。

見られた託生が、え？　と、身構えた。

「なに、三洲くん？」

意地でも泣かない葉山託生。その芯の強さ。あの頃の葉山は、敵に向かってひたすら斬り込み続けていたのだな。泣いている暇などなかったのだ。もしかしたら一度くらい、自分は葉山の涙を見ているのかもしれないが、覚えてなかった。それくらい、彼は常に挑み続けていたのだ。必死に、がむしゃらに、なにかを攫み取ろうとして。

「いや、別に？　だったら葉山はハヤーマで、崎はサッキーで決まりだな」

「三洲くん、ミッスーでいいの？」

託生が驚く。「さすがにそれはどうかと思うよ？　ミッスーは、ちょっと」

「なら葉山、俺を新くんと呼ぶのか？　呼べるのか？　呼ぶんだな？」

「こわっ、アラタさん、怖いっす。だめっすよ、葉山サンを苛めたら」

「そういう真行寺はどうなんだ？　俺を新くんと呼べるのか？」

「え？　俺はこれまでどおりのアラタさんでいいんじゃないすか？　あれ？　ダメな

んすか？」

動揺しつつも真行寺が三洲の手を取った。三洲と手が繋ぎたかった、さっきから、ずっと。

それを見て、ギイも託生へ空いてる方の手を伸ばす。

くすぐったげに託生もギイと手を繋ぎ。

五人で一列になって海の道を進む。

打ち寄せる波の線のように、列は揺らぎながら前へと進む。


——前へ。

星降る夜に

トトトン！　と小気味よいノックと同時に、

「アラタさーん、今夜、屋上の露天風呂、入りに行きませんかー？」

飲みかけのミネラルウォーターのペットボトルを手に、にっこにこの上機嫌で真行寺が三洲を誘った。「今夜は風が強くて雲がぐんぐん流れてるっすから、きっと星空もすっげ、綺麗に見えるっすよ！」

明日から始まるサマーキャンプに備え、使用する小物や資料などを窓際の簡易なソファセットのテーブルの上で整えていた三洲は、手を止めて真行寺を眺めた。

「……屋上の露天風呂？」

懐かしいワードにピンとくる。

十二年前の高校三年生の夏、初めて訪れたこの九鬼島で、三洲と真行寺は（既に宿泊していた崎義一と葉山託生と共に）なぜか連泊することになり、――あの頃は、ここまで京古野邸は完成されておらず、宿泊できる部屋数も今よりぜんぜん少なくて、そんなこんなで、三洲と真行寺はふたり部屋を使うこととなった。

春に三洲が真行寺の部屋（アパート）へ転がり込んでからは、ふたりでひとつの部屋を使うのが日常になっているが、高校生の頃は、全寮制とはいえ学年違いのふたりが寮の同室になることはなかったし（学年の人数の関係で一組だけ発生していたが、レアケースであり）、大学も、それぞれが自宅から通っていたので、それまでも三洲がごくごく稀（まれ）に真行寺の実家に泊まることはあれど、〝ふたりで同じ部屋に外泊する〟のは、あのときが初めてだったかもしれない。

そして今、久しぶりに、ふたりで同じ部屋に外泊している。

大学受験を控えたあの夏、長期の夏休みとはいえ予備校通いの日々で、多少なりとも緊張した生活を送っていた三洲にとっては、突然の、それも強制的に降って湧いたバカンスのような数日間だった。

祖母の過去の悲しい出来事がきっかけで始まった、九鬼島での日々。

事件めいたことまで次から次へと発生し、ちっともバカンス気分ではなかったが、真行寺はといえば、あのときも、逞（たくま）しく京古野邸でのひとときを満喫していた。

そのひとつが、屋上の露天風呂。

あの夜は、結局誘いをすげなく却下したのだったな。

「なに、リベンジ？」

含み笑いで尋ねると、

「っぱ覚えててくれたんすね、アラタさん！」

真行寺が目をキラキラさせる。――からかったはずなのに、喜ばれるとは。

こういう真行寺の逞しさ。――おかげで、三洲は救われる。

「混んでいそうだから、俺は遠慮する」

テーブルの資料に改めて目を落とした三洲へ、セットの正面のソファに座った真行寺は、ミネラルウォーターを一口飲むとキャップを締めてテーブルの端へ（結露で書類などが濡れないように）置き、

「ええー？　またっすか？」

がっくりと項垂れて、ソファの背凭れにどすんと体重をかけた。

「大袈裟だな」

三洲はくすくす笑い、「俺に断られるのは想定内だろ？」

やや潔癖症の傾向のある三洲は、友人とであれ回し飲みは（相手に気づかれぬよう

飽くまでさりげなく、だが絶対に）しなかった。食べかけを横から一口、なんてのは食べるのも食べられるのも以ての外だし、おそらくその延長線上で（どんなに親しい友人と、であっても）同じ湯船に浸かるのは嫌なのだ。

第三者と一緒の風呂に、なんて、三洲が入るわけがない。

承知の真行寺は、

「せっかく貸し切りにしてもらったのになあ……」

ぼそりと続ける。

「――貸し切り？　露天風呂をか？」

三洲は、やや驚く。

「っても一時間っきりっすけど。八時から九時まで」

ロケーションが最高だと噂の露天風呂、

「人気が高そうなのに、よく貸し切りの許可が出たな」

「だからギイ先輩に相談したっす。俺、九鬼島にいる間に、一度でいいから露天風呂に入りたいんすけども、くれぐれも身バレしないよう事務所からきつーく言われてるんで、どうしたらいいっすか？　って」

「へえ？」

相槌を打ちつつ、三洲は、結露を涼しげに身に纏うペットボトルを手に取ると、キャップを開けてミネラルウォーターをぐびりと飲む。

「あ、アラタさん、俺の横取りしないでください」

「いいだろ、減るもんじゃなし」

「減ります。さすがに」

真行寺は笑って、ソファから立ち上がり、「冷蔵庫にありますよね、水」室内に備え付けの冷蔵庫へミネラルウォーターを取りに行こうとするのを、

「もったいない。これを飲み終えてから新しいのを開けろよ」

三洲は止め、ペットボトルを真行寺へ返す。

「……うす」

ソファへ座り直した真行寺へ、

「風呂にもスマホを持ち込む人がいるからなあ。うっかり全裸の写真とか撮られたらたまったもんじゃないものな」

三洲の冗談に、

「俺は、そこまでの心配はしてないっすけども――」

というか真行寺には、自分の全裸より三洲が撮られることの方が百億倍嫌だった。

たとえ全裸でなかったとしても、全力で阻止する！

「相変わらず暢気だなあ、真行寺は」

「暢気って言うか……」

今夜に限っては写真の心配などしていないのだが、「そしたらギイ先輩が陣内さんに頼んでくれて、サマーキャンプが始まる前に、特別に、あ、今夜のことなんすけど、それと、時間も、きっかり一時間だけっすけども、貸し切りにしてもらえることになったんす」

「……へえ。陣内さんが」

「だからアラタさん、俺に、リベンジさせてくださいっ！　お願いします！」

がっと頭を下げた真行寺に、三洲はやれやれと息を吐いた。

「そんなに露天風呂からの星空を俺に見せたいのか？」

訊くと、

「っうす！」

真行寺が嬉しそうに破顔する。「それにアラタさんもしかしたらＵＦＯ、あ、今はＵＡＵＰって言うのかな、どっちでもいいや、とにかく、見れるかもっすよ？」

「ＵＡＵＰは知らないが、ＵＦＯ？」

三洲が噴き出す。「なんで突然、ＳＦに？」

「あ、じゃあ、流れ星とか？」

「願い事も特にはないよ」

「ええ、そうなんすか？　えええー、ないんすか？　願い事？」

「星空が綺麗ってだけで、充分だ」

微笑む三洲に、

「えっ!? じゃ、おっけー、って、ことっすか？」

「まあな」

真行寺とは幾度となく一緒に風呂に入っているので、今更、それが、断る理由にはならない。——十二年前のふたりの関係とは、もう違うのだ。

「ただし」

たちまち浮かれる真行寺へ、三洲はすかさず釘を刺す。「くれぐれも、余計なことはするなよ」

「へ？　余計なことって、なんすか？」

「のんびり湯船に浸かって星空を眺める、それ以外のことはするな」

「……それ以外、とは？」

鈍いのか、ポーカーフェイスなのか——役者の仕事を始めてから〝演じる〟ことが巧みになった真行寺の〝ウソ〟や〝ホント〟は、三洲にも見抜くことは難しい。表情からも声からも、真行寺が本気で演じたならば三洲にはまったく見抜けない。

あんなにわかりやすかった真行寺は、もうどこにもいなかった。——真行寺にウソをつかれたくない、ということではなく。

「せっかくのお湯を汚したくないし、一時間じゃ、終われないだろ」

三洲がさらりと返すと、真行寺がどっかんと赤面した。

「や、や、そ、そんなことは、そーゆー、邪まなことは、か、考えてないっす。ちっとも、これっぽっちも」

懸命に返す真行寺を、

「ふうん、どうだか？」

三洲はうっすら横目で眺め、「そういうことは、部屋へ戻ってきてからだ」

真行寺へ囁く。

「う、……うっす！」

赤面しつつも真行寺は、「よ、よろしくお願いします」

三洲に主導権を握られている喜びを、ひっそりと嚙み締めるのだった。

日報（?）アラタさんの最新情報

二月十五日——。

真夜中の零時を過ぎた直後、大学近くのひとり暮らしのアパートの部屋、狭いワンルームの中央の、勉強机兼食卓兼（ときとして）譜面台としても使用している小ぶりのローテーブルへ、画面を伏せて置いておいたケータイにメールが着信した。

「……託生?」

泊まりにきていた（託生の誕生日にあわせて、来日してくれていた）ギイが、めざとく視線でケータイを示す。

「えええ? 迷惑メールかもしれないし、でなくても、もうこんな時間だよ? チェックするの明日でよくない?」

やや面倒臭そうに託生は返す。

ギイの、ではなく、託生のケータイに着信したメールである。見るも見ないも託生の自由と思うのだが、

「気になる」

と、簡潔なギイの一言。

「なにが?」

返しつつも、仕方なく託生はケータイを引き寄せ、メールを表示させた。——いくら恋人のケータイでも、どんなに気になっても勝手に見たりしないところが（勝手に見られても託生が気にしないと承知でも）託生には好ましい。

まあ、逆もだが、託生もギイのモバイルもタブレットもなにもかも、勝手に見たりはしない。託生の部屋へくるたびに、まるで「ご自由に」と言わんばかりにローテーブルへ出しっ放しにされるのだが、——見ない。

別に、試されているわけではない。

ギイのスタンスとして、オレは託生へはオープンだよ、と、それを表現されているのだ。恋人に隠し事をされたら嫌な気分になるだろうが、ギイの場合、たいそうヤバい内容が普通に紛れていたりするので、託生としては迂闊に触れてしまう方が恐ろしい。ということで、自衛の意味で、託生は、見ない。

「あ。──真行寺くんからだ」

託生が言うと、ギイがぷぷっと噴き出した。

「また例のアレか？　アラタさんの最新情報か？」

マメだよなあ、と、からかうギイ。

＊＊＊＊＊＊＊＊＊＊＊＊＊＊＊＊＊＊＊＊＊＊＊＊＊＊＊＊

かなしいおしらせ（;ω;）

今年もチョコは渡せませんでした

かねみつ

追伸

葉山サンはギイ先輩に無事に渡せましたか？

＊＊＊＊＊＊＊＊＊＊＊＊＊＊＊＊＊＊＊＊＊＊＊＊＊＊＊＊

託生はハッとして、急いでケータイをローテーブルへ伏せた。ギイにひょいと肩越しに画面を覗き込まれる前に。

「うん、真行寺くんによる、三洲くんの最新情報だった」

嘘ではない。嘘ではないが。

やばい。――忘れていた。

そうか、(零時を過ぎたので) 昨日はバレンタインだった。いや、でもギイからもチョコはもらっていないし、ねだられてもいないので、このままそっとしておけば、いいのか、な？　……かな？　いや、駄目だ。なんだかとっても後ろめたい。

よし。明日一日遅れのチョコを渡そう。あれならきっとコンビニに売っている。もしくは、いっそ今からコンビニに買いに走るか？　もう十五日だけど、気持ちだけは伝わるだろう。――すっかり忘れていたけれど。


真夜中の零時を過ぎた直後に、託生のケータイにメールが届いた。――日付変わって、本日は三月十四日。

たまたま日本に仕事があって。と、先月に続き、託生のアパートに泊まりに来てい

たギイが、

「……託生？」

　またしても、めざとく視線でチェックを促す。

「——明日でよくない？」

　面倒臭さを隠さずに、いつものように返す託生へ、

「気になる」

　と、これまたギイのいつもの一言。

「はいはい」

　仕方なく、託生はケータイのメールを表示させた。

「真行寺？」

「うん、真行寺くんから」

「今夜のアラタさんの最新情報か？　マジでマメだな、ほぼ日刊だぞ」

　と、いつものようにからかうギイ。

＊＊＊＊＊＊＊＊＊＊＊＊＊＊＊＊＊＊＊＊＊＊＊＊＊＊＊

葉山サン葉山サンさっきアラタさんから

ななんとチョコもらっちゃいました！！！！！
ホワイトデーってチョコっすか!?
バレンタインにチョコ渡せてないんすけど
どーしたらいいっすか!?
お返しに指輪贈ればいいっすか!?!?!?

＊＊＊＊＊＊＊＊＊＊＊＊＊＊＊＊＊＊＊＊＊＊＊＊＊

託生の肩越しに素早くケータイ画面を覗き込んでいたギイが、ひゅっ！　と短く口笛を鳴らし、

「錯乱にかこつけて三洲にプロポーズとか、やるな真行寺……！」

と、唸る。

「指輪を？　三洲くんに？」

真行寺の気持ちはわかる。贈りたい気持ちは、わかる。だが、果たしてあの三洲がおとなしく受け取るだろうか？

「……なあ託生」

ギイが背後から甘く腕を胸の前に絡めてきた。そして、「指輪だってさ」

意味深長に耳元で囁く。

それだけで体温がふわりと上がるけれども、それとこれとは別なのだ。

「遠慮しておきます」

顔を背けて赤面を誤魔化しつつ、きっぱりと即答した託生へ、

「そうだ！」

ぱっと離れたギイは、「バレンタインの不二家のハートチョコレートのお返しに、オレも託生に指輪を贈ろうかなあ」

晴れやかに笑う。

「え⁉」

託生はギイを振り返り、「マジで、やめてください」

百円もしないハートチョコレートのお返しが（ギイのことだ、託生には値段の予想もつかない）指輪に化けそうで、とてもじゃないが、その差分を受け止めきれない。

正直、指輪そのものですら、まだ託生には重いのに。

「そういえば三洲、今、真行寺の部屋に転がり込んでるんだろ？　なあ託生、そろそろオレたちも、ひとつ屋根の下で——」

「あ！　うん、そうなんだよ。しかも三洲くん、この春から、中学だか高校だかで、

仕事をするんだって。期間限定で」

「へえ、三洲、教員免許も持ってたのか。日本の医大では医師免許だけでなく、教員の免許も取れるのか？」

「さあ？　知らないけど、三洲くん、勉強を教えるのも上手そうだよね」

「なら指輪、左の薬指にはめさせておかないとな。三洲は年下にやけにモテるからな、真行寺も落ち着かないだろ」

「……なるほど。牽制か」

「そうそう」

大きく頷いたギイは、またしても、含みありげに託生をじいっと熱く見詰めた。

託生は咄嗟に顔の前で手をバッと交差させ、

「不要！　です！　ぼくには！」

モテないので安心してください！　と、必死に目で訴える。

「ちぇっ、まだダメか」

と笑ったギイは、「託生くんのケチんぼ」

素早く、託生の頬へキスをした。

ふたりのあさごはん

ややや郊外の新興住宅地にある一軒家にて。ついに！　とうとう！　長年の夢が叶って託生とふたり暮らしを始めてから、出掛ける用事のない日はふたりでのんびり朝寝坊をするのが楽しみのひとつとなったのだが、ギイこと崎義一は、もうひとつ、楽しみをみつけてしまった。

抜群に寝起きの良いギイは、もともと寝坊が得意ではない。

同じベッドに託生がいれば時間を忘れて寝顔を眺めるのもオツなものだが、ふたりの生活をずっと続けていくためには各々の部屋を持つべきだし（親しき仲にもナントヤラ。マナーだけでなくプライベートな時間も空間も大切である）、寝室は基本的に別々にしておこうと取り決めた。

顔を見たくなったなら相手の部屋を訪ねる。

その手間が愛しいではないか。

シャイな託生が照れ臭そうに自分の部屋を訪ねてくるとか、最高以外のなにものでもない。——話が少々脱線したが、つまり、よって、それぞれの部屋で就寝した翌朝はギイが早々に起き出しても、熟睡している託生の眠りを妨げることはない。

「さて、と。託生になにを作ろうかな」

外国サイズの巨大な冷蔵庫を開ける。

ドアポケットに立て掛けておいた飲みかけの赤ワイン（の保存は室温がベターと言われているが、開栓後はその限りではない）、けっこう前に開けたものだ。ワインストッパーを抜き、くんと匂いを確認する。カジュアルな赤ワインだったので、かなり香りが飛んでいた。これならば料理に使っても惜しくはない。

「ふむ。この量の赤ワインを使い切る料理とすると、なにがある？」

庫内を見回す。作るつもりで買ったはいいが、なかなかタネを仕込む時間がなくて放ったらかしとなっていた春巻きの皮を発見。

野菜室には使いかけのタマネギ、ニンジン、その他もろもろ。

チルド室にも、やはり使いかけの中途半端に残った豚肉や鳥肉が。

「牛乳とバターは残ってるな。お、ニンニク一片発見。それからっと、はいはい一枚しか使ってないローリエね。あとは最も重要なシュレッドチーズ！　よし」

食品棚からトマト缶と薄力粉を出し、準備完了。

まずオーブンの予熱をスタートする。

まな板と包丁を出す。

タマネギの皮をむき適当な大きさにざくざく切ってフードプロセッサーへイン。

ニンジンや余り野菜のホワイトマッシュルームやピーマンやナスも、ざっくり切ってからフードプロセッサーへ入れ、スイッチオン。

フライパンにオリーブオイルを引き、みじん切りにしたニンニクを匂いが立つまで炒めてから、フードプロセッサーの中身をどどっとぶちまける。

ローリエも加え、野菜がしんなりするまで炒めている間に、残り物の豚肉や鳥肉もフードプロセッサーで挽き肉にしてから、しんなりした野菜の中へ、ばばっとイン。

香りの飛んだ赤ワインを惜しみなく全部注ぎ入れ、トマト缶も投入し、水気がなくなるまでじっくりと煮詰めてゆく。

「ふむ、これだけでも充分に旨そうだぞ」

既に満足の領域だ。「いやいや、妥協は禁物だ」

なにせこれは、託生といただく朝食なのだから。

鍋にバターと薄力粉と牛乳を入れ火にかける。よくよく攪拌しつつ加熱していくとやがてくつくつとダマのないなめらかなホワイトソースができあがる。

ほどなくして別鍋の野菜と肉のトマト煮込み（即ちミートソース）も良い按排に煮詰まった。最強の調味料でもあるケチャップを足し、隠し味のだし醬油（これはギイの好みである）と贅沢な量のバターも加え、塩コショウで全体の味を整える。

「我ながら、ここまでは完璧だな」

自画自賛しつつ、いよいよ仕上げへ。

春巻きの皮がそのまま入る大きめの正方形のグラタン皿へ、ミートソースとホワイトソースとたっぷりのシュレッドチーズを春巻きの皮で仕切るようにして、いくつもの層に重ねてゆく。春巻きの皮がそこそこ乾燥しているので、一枚ずつ牛乳で濡らして潤いとコクを与えつつ。——この一手間が、のちのち良い仕事をするのだ。

最後に、ホワイトソースの上へこれでもかとシュレッドチーズを敷き詰めて、充分に熱されたオーブンへ、イン。

「ＯＫ！」

準備完了。

ギイは手早くキッチンを片付けると、二階の託生の部屋へ向かった。

返事はないだろうなと予想しつつ、ノックする。案の定、返事はない。うちの眠り姫はまだぐっすりと就寝中だ。

そうっと室内に入ると、横向きで枕に顔を半分埋めるようにして、託生はスヤスヤと眠っていた。

ギイは枕元へしゃがんで託生の寝顔を覗き込む。

高校の寮で同室になってから、ギイは数え切れないほど託生の寝顔を見ているが、未だに見飽きることがない。文字どおり、時間も忘れて眺めていられる。

「んー、まずい。オレ、託生の寝顔も好きなんだよな」

起こしたいが、起こしたくない。託生とならば、話をしていても楽しいし、話してなくとも楽しいのだ。——やばい。

自覚すると途端に〝好き〟が溢れてくる。

と、託生がパチリと目を開けた。

——以心伝心!?

「え!? すっごい良い匂いなんだけど、なに？」

託生が目を輝かせる。

残念ながら、ギイの〝好き好き〟の念が託生を起こしたのではなく、匂いの勝利だった。まあ、つまり、ギイの勝利である。

「崎義一特製ラザニアだよ」

「ラザニア？」

「冷蔵庫の余り物でパパッと作ったにしては、めちゃ旨だぞ。朝からラザニアとか、託生には重いかなと、ちらっと迷ったんだけどさ」

「ううんぜんぜん！」

託生はふるふると首を横に振り、「美味しそうな匂いすぎて、一気にお腹が空いてきた」

——ああ、可愛い。

「そうか？　なら作って良かった。そろそろ焼き上がるぞ」

「……ぼくのために？」

「もちろんさ」

「ありがとう、ギイ。——あ、先ずは挨拶って約束、忘れてた」

託生は少しはにかんで、「おはようギイ」

「どういたしまして。おはよう、託生」

ギイは楽しげに託生のくちびるへ、ちゅっとキスを弾ませた。

本書は、二〇二〇年七月に小社より単行本として刊行されました。文庫化にあたり、書き下ろし短篇「星降る夜に」と、単行本刊行時に購入者特典として配布されたショートストーリー「日報（？）アラタさんの最新情報」「ふたりのあさごはん」を加筆修正のうえ、収録しました。

崎義一の優雅なる生活
太陽の石

ごとうしのぶ

令和4年 10月25日　初版発行
令和6年 12月5日　3版発行

発行者●山下直久

発行●株式会社KADOKAWA
〒102-8177　東京都千代田区富士見2-13-3
電話　0570-002-301(ナビダイヤル)

角川文庫 23363

印刷所●株式会社KADOKAWA
製本所●株式会社KADOKAWA

表紙画●和田三造

●お問い合わせ
https://www.kadokawa.co.jp/（「お問い合わせ」へお進みください）
※内容によっては、お答えできない場合があります。
※サポートは日本国内のみとさせていただきます。
※Japanese text only

ISBN 978-4-04-112885-5　C0193

角川文庫発刊に際して

角川源義

第二次世界大戦の敗北は、軍事力の敗北であった以上に、私たちの若い文化力の敗退であった。私たちの文化が戦争に対して如何に無力であり、単なるあだ花に過ぎなかったかを、私たちは身を以て体験し痛感した。西洋近代文化の摂取にとって、明治以後八十年の歳月は決して短かすぎたとは言えない。にもかかわらず、近代文化の伝統を確立し、自由な批判と柔軟な良識に富む文化層として自らを形成することに私たちは失敗して来た。そしてこれは、各層への文化の普及滲透を任務とする出版人の責任でもあった。

一九四五年以来、私たちは再び振出しに戻り、第一歩から踏み出すことを余儀なくされた。これは大きな不幸ではあるが、反面、これまでの混沌・未熟・歪曲の中にあった我が国の文化に秩序と確たる基礎を齎らすためには絶好の機会でもある。角川書店は、このような祖国の文化的危機にあたり、微力をも顧みず再建の礎石たるべき抱負と決意とをもって出発したが、ここに創立以来の念願を果すべく角川文庫を発刊する。これまで刊行されたあらゆる全集叢書文庫類の長所と短所とを検討し、古今東西の不朽の典籍を、良心的編集のもとに、廉価に、そして書架にふさわしい美本として、多くのひとびとに提供しようとする。しかし私たちは徒らに百科全書的な知識のジレッタントを作ることを目的とせず、あくまで祖国の文化に秩序と再建への道を示し、この文庫を角川書店の栄ある事業として、今後永久に継続発展せしめ、学芸と教養との殿堂として大成せんことを期したい。多くの読書子の愛情ある忠言と支持とによって、この希望と抱負とを完遂せしめられんことを願う。

一九四九年五月三日